देहरी का मन

[कविता-संग्रह]

देहरी का मन

डॉ. प्रभा ठाकुर

राजकमल प्रकाशन
नयी दिल्ली पटना इलाहाबाद कोलकाता

ISBN : 978-81-267-2532-8

मूल्य : ₹ 350

पहला संस्करण : 2013

प्रकाशक : राजकमल प्रकाशन प्रा. लि.
1-बी, नेताजी सुभाष मार्ग, दरियागंज
नई दिल्ली-110 002

शाखाएँ : अशोक राजपथ, साइंस कॉलेज के सामने, पटना-800 006
पहली मंजिल, दरबारी बिल्डिंग, महात्मा गांधी मार्ग, इलाहाबाद-211 001
36 ए, शेक्सपियर सरणी, कोलकाता-700 017

वेबसाइट : www.rajkamalprakashan.com
ई-मेल : info@rajkamalprakashan.com

आवरण : देवप्रकाश चौधरी

मुद्रक : बी.के. ऑफसेट
नवीन शाहदरा, दिल्ली-110 032

DEHARI KA MAN
Poems by Dr. Prabha Thakur

सादर सस्नेह समर्पित,
पूज्य पिताश्री श्री देवीसिंह जी की ममतामयी पुण्य स्मृति को,
जिन्होंने मेरी कविता की बाँह थामकर,
मेरी कल्पना को उड़ना सिखाया।
तथा
श्रद्धा सहित अर्पित,
जन-प्रिय नेता एवं देश के पूर्व प्रधानमंत्री
श्री राजीव गांधी की प्रेरक स्मृति को,
जिन्होंने मेरी कविता की सराहना करके,
मुझे प्रोत्साहन दिया तथा 'कांग्रेस संगठन' के
'राजनीतिक मंच' से समाज-सेवा का अवसर दिया।

आमुख

प्रभा जी स्वयं विदुषी हैं। प्रस्तुत काव्य-संग्रह 'देहरी का मन' में सड़ी-गली परम्पराओं, रूढ़ियों और सामाजिक बन्दिशों को ललकारते प्रेम और बिछोह के मार्मिक स्वर की गूँज अनेक रचनाओं पर छाई है। शास्त्रीयता की परिधि से परहेज़ है, तो आज की अ-कविता एवं अ-गीत की पहेलीनुमा अबूझ कविता से भी उनको कहीं शिकायत है। पुस्तक की भूमिका 'अपनी बात' में वे कहती हैं कि ऐसी अ-कवितानुमा कविताओं को 'मुट्ठी भर' लोग ही लिख और समझ पाते हैं। समाज के 'आम पाठक' की इतनी सामर्थ्य नहीं कि उनका गूढ़ अर्थ अथवा भाषा को समझ पाए। रस बरसानेवाले कवि-सम्मेलनों की जगह हँसोड़-सम्मेलनों के चलन पर भी उन्हें गहरा दुख है। दूसरी ओर 'साहित्यिक' गुटबाज़ी से क्षुब्ध होकर वे यह भी कहती हैं कि 'गुट विशेष' के कारण विशिष्ट समझे जानेवाले ऐसे कवियों एवं हिन्दी की साहित्यिक पत्र-पत्रिकाओं की विशेष विधा के पोषक सम्पादक हठपूर्वक ऐसी ही जटिल रचनाओं को महत्त्व देते हैं तथा अनेक उत्कृष्ट कविताएँ केवल इसलिए उपेक्षित रह जाती हैं क्योंकि वे वर्तमान आधुनिक चलन के विपरीत छन्दबद्ध होती हैं, गेय होती हैं, जो कि अ-कविता की कसौटी पर खरी नहीं उतरतीं। उन्होंने अपनी पूर्वपीठिका 'अपनी बात' में आज की प्रचलित छन्दमुक्त या गद्य-प्रधान ऐसी काव्य-रचनाओं के विषय में ऐसे कई समीचीन प्रश्न उठाए हैं, जो विचारणीय हैं।

जहाँ तक उनके प्रस्तुत काव्य-संग्रह का प्रश्न है, वे छन्दबद्ध कविता से प्रतिबन्धित भी नहीं दिखतीं, पर कविता में छन्दमुक्त होने पर भी जो एक सहज काव्यात्मक गतिमयता प्रवाहित रहती है, जो छन्दबद्ध न होने पर भी स्वच्छन्द नहीं होतीं, वे कहीं सहज काव्यात्मक स्वभाव के अनुरूप 'लयबद्ध' होती हैं, ऐसी कविताओं में लय और गेयता की सहज गति पाठक को कविता के निकट

ले जाती है। अकसर वे पाठक या श्रोता से बतियाती, हृदय से उमड़ी 'अपनी बात' कहती लगती हैं। यह कविता का प्रसाद-गुण है।

काव्य-शास्त्रियों ने शृंगार रस को 'रसराज' माना है। वस्तुतः 'शृंगार' और विशेष रूप से 'वियोग-शृंगार' उनकी कविता का प्रमुख स्वर है, जिसमें अनेक जगह दर्शन एवं आध्यात्मिकता के भी दर्शन होते हैं। प्रकृति के अनुपम गायक सुमित्रानन्दन पन्त ने कहा है-

'वियोगी होगा पहिला कवि
आह से उपजा होगा गान;
उमड़कर नयनों से चुपचाप
बही होगी कविता अनजान!'

'आँसू' के प्रेरक तत्त्व और भी हो सकते हैं, पर वियोगी के आँसू, वियोग-शृंगार की अनमोल थाती हैं। महाकवि जयशंकर प्रसाद के कविता-संग्रह 'आँसू' की लोकप्रियता कुछ ऐसी थी कि उसकी पंक्तियाँ कभी युवा हृदयों एवं महाविद्यालयों-विश्वविद्यालयों के छात्रों के होंठों पर छाई रहती थीं, जैसे कि 'आँसू' की ये पंक्तियाँ-

'जो घनीभूत पीड़ा थी
मस्तक में स्मृति-सी छाई
दुर्दिन में 'आँसू' बनकर
वह आज बरसने आई।'

शायद ही कोई ऐसा विरला प्रसिद्ध कवि हो, देश या विदेश का, कालिदास से शेक्सपियर तक, जो प्रेम और विरह की पीड़ा से अछूता रहा हो, बकौल मीर-

'हम हुए, तुम हुए, कि 'मीर' हुए,
उसकी ज़ुल्फ़ों के सब असीर हुए।'

प्रेम मानव जीवन का शाश्वत 'सत्य' है। उसी में जीवन की पूर्णता है। और प्रेम है तो वियोग अवश्यम्भावी है। फिर प्रभा जी का कवि-हृदय उससे कैसे अछूता रह पाता? वैसे कश्मीर, रूपकुँवर का सती-दाह और वर्तमान में भारत की अनेक दुखद स्थितियों आदि पर भी उन्होंने अनेक सामयिक एवं विचार-प्रधान झकझोर देनेवाली कविताएँ लिखी हैं, जहाँ उन्होंने देश और समाज के ज्वलन्त प्रश्नों को अपनी कलम से उकेरा है। अपनी अनुभूतियों के

साथ उन्होंने 'पराए मन' की पीर को भी साझा किया है। पर उनकी कविताओं के केन्द्र में वियोग-शृंगार ही परिलक्षित है। स्वप्न-भंग से उपजा गहरा अवसाद बरबस मन को पीड़ा से भर देता है-

तृष्णाएँ सागर तक दौड़ीं, लेकिन जल खारा का खारा
जाने कैसे राख हो गया, चन्दन वन सारा का सारा...!
ऐसी आँधी चली समय की, गीत हुए बनजारे।

कई जगह शृंगार एवं दर्शन का अद्भुत सामंजस्य दिखाई पड़ता है कवयित्री की रचनाओं में।

जैसे, 'रेत के घरौंदे' की इन पंक्तियों का स्वानुभूतिजन्य अन्तर्वेदना की ओर इंगित करना, जो सम्भवतया जगत और जीवन के कटु-अनुभवों से गुज़र कर उनकी कलम से उतरी हैं, शायद अनेकों का दर्द...

'क्या अपने बेगाने, कहने की बातें हैं,
मुँह-देखे रिश्ते हैं, मतलब के नाते हैं...।'

'छलावा ही छलावा है' रचना भी मृगमरीचिका की अभिव्यक्ति है, तो आकुल प्रतीक्षा का मर्मस्पर्शी गीत है-'देहरी का मन'। घर के प्रवेश द्वार के किवाड़ की ओट से पाहुन के आवन की अनवरत अधीर प्रतीक्षा में अपलक निहारती, राहों पर ठिठकीं पथरा गई आँखें। कवि ने जिस लोक-परम्परागत चलन की दुखती याद दिलाई है, वो हमारे देखते ही देखते आज के बदले आधुनिक जीवन-परिवेश में दुर्लभ होता जा रहा है।

प्रभा जी मनोगत भावों को बेलाग-लपेट कहने का साहस रखती हैं। यह निर्भीकता उनकी इन तमाम काव्य-रचनाओं में आद्यान्त दिखाई देती है।'दोस्तों के नाम खत' में उनका मनस्ताप कुछ यूँ उजागर होता है-

'दीप हमने भी जलाया, रोशनी नहिं रास आई
नागफणियाँ सींचते ही मैंने हर एक ऋतु बिताई
स्नेह के सारे समन्दर रेत से अब पाटने हैं।'

तो दूसरी ओर जीवन के यथार्थ को भी उन्होंने लिखा है, जिनमें हर पाठक अपनी अनुभूतियों को अनुभव कर सकता है-

'एक आँख है हँसी, तो एक आँख पानी,
तेरी-मेरी ज़िन्दगी की एक है कहानी।'

आत्मविश्वास और स्वाभिमान का यह रंग पाठकों को अवश्य प्रभावित करेगा–

'सूरज अगर ढलता नहीं, पूरब उसे मिलता नहीं,
जग को न मिल पाती डगर यदि हर दिवस जलता नहीं।'

इसी रचना में आगे की ये पंक्तियाँ स्वाभिमान को जगाती हैं–

'पाकर दया की भीख यदि, गिरकर जिये तो क्या जिये!
असहाय पर उपकार यदि, गिनकर किये तो क्या किये?'

यह ओजस्वी तेवर प्रभा जी की अनेक रचनाओं में दिखाई देता है।

विषपायी मीरां को आदर्श माननेवाली कवयित्री, नारी को ऐसे घात-प्रतिघातों से उबारना भी जानती है। 'इतना पिया हलाहल' में इसी आन्तरिक दृढ़ता का स्वर है–

'मेरा परिचय चाहो तुम तो,
जाकर पूछो चट्टानों से,
मुझमें कितना जीवट है,
यह पूछो बाग़ी तूफ़ानों से।'

नियति के प्रहार उन्हें पराजित नहीं करते बल्कि उसकी चुनौतियों को स्वीकारतीं, उनसे दो-दो हाथ करने को उद्यत दिखाई देती हैं। इसी में निहित है नारी की अपराजेय असीम 'अन्तःशक्ति'।

इन कविताओं के अतिरिक्त 'इस पल तो गाओ', 'हर कोना महकता है', 'मौन तिमिर में', 'बोल मेरी मछली...', 'आवाज़ है ये वक्त की...' एवं 'ये ज़िन्दगी...' आदि इस संग्रह की हृदयग्राही रचनाएँ हैं जो पाठक के हृदय में उतर जाएँगी। जीवन के विविध रंगों से परिपूर्ण ऐसी रसवन्ती भावपरक काव्य-रचनाओं के लिए प्रभा जी सचमुच बधाई की पात्र हैं, और मुझे विश्वास है कि यह भावधारा रसज्ञ, संवेदनशील एवं सुधी पाठकों को आप्लावित करती रहेगी।

–मीरा कुमार (श्रीमती)
अध्यक्ष लोकसभा, भारत–2013

अपनी बात

मेरा यह कविता-संग्रह 'देहरी का मन' आपके हाथों में है। ''मेरी कविताओं में भाषा या शैली की इतनी भिन्नता, विविधता कैसे होती है!'' किसी साहित्यिक मित्र ने एक बार प्रश्न किया। तब मैंने ग़ौर किया, ''सचमुच! इस दृष्टि से तो कभी देखा ही नहीं था अपनी कविताओं को!''

कुछ रचनाएँ हिन्दी में, कुछ हिन्दुस्तानी में, कहीं ग़ज़लनुमा, कहीं गीत, नवगीत कविताओं की अलग-अलग विधाएँ, अलग-अलग मिज़ाज तथा भाषा और शैली के भी अलग-अलग रंग। सोच-समझकर नहीं लिखी कविता, जिस भाव और भाषा के साथ आई, वही लिखा। सम्भवतया मात्र कवि की भाँति हृदय में उमड़ी कविता को 'जस का तस' काग़ज़ पर उतार दिया। किसी विवेचक या मीमांसक की दृष्टि से इन बातों पर सोचा नहीं कभी।

शायद इसलिए भी कि कभी किसी विधा अथवा भाषा-शैली के प्रति कोई पूर्वाग्रह नहीं रहा, किसी विधा विशेष में नहीं बाँधा अपने मन की उमड़न को, मेरा अनुभूत सत्य यही है, कि जैसे आँखों में उमड़ते हुए आँसुओं को बहने से रोक पाना कठिन है, जैसे सूर्य के ताप से तपकर घुमड़ते, उमस भरे बादल बरसकर ही हलके हो पाते हैं, वैसे ही कवि के हृदय में उमड़ा कोई भाव जब घनीभूत होकर हृदय को अजानी अकुलाहट से भर देता है, तब हृदय से काग़ज़ पर उतरने को व्यग्र हो उठती है स्वयं कविता। तब लेखनी कविता लिखती नहीं, बल्कि लेखनी की अँगुली थामकर काग़ज़ पर स्वयं लिख-लिख जाती है कविता। तब न तो यह भान रहता है कि विधा कौन सी हो! शब्दावली कैसी चुनें! शैली कौन सी ठीक रहेगी! अथवा भाषा का स्वरूप क्या हो! कविता तो कोई अवसर ही नहीं देती मुझे इन सबके चयन का, वह तो स्वयं ही 'मुझे'

दरकिनार कर 'भाव' के अनुरूप भाषा-शैली अथवा विधा अपने 'मूड' के अनुसार स्वयं चुन लेती है, मैं तो केवल माध्यम बन जाती हूँ, लेखनी द्वारा उसको काग़ज़ पर उतारने का।

अनेक मनीषी कवियों, लेखकों और साहित्यकारों को पढ़ा, बल्कि एक पीढ़ी के समकालीन कवियों की लेखन शैली में समरूपता भी महसूस की। हिन्दी के काव्य-जगत में ऐसे विलक्षण रचनाकर्मी भी हुए हैं, जिनके लेखन की भाषा और शैली ही अपने रचनाकार की पहचान बता देती है। शायद कविता के साथ ही विधा अथवा भाषा को भी वे इतना साध लेते हैं कि वो उनका 'अन्दाज़-ए-बयाँ' बन जाता है। मैं किसी विशेष साँचे में ढाल नहीं सकी रचनाओं को। भावों के निर्झर को बस उन्मुक्त छोड़ दिया, जैसा मन में उमड़ा, बहा, वही हृदय से क़लम के सहारे काग़ज़ों पर ढलता रहा, उतरता रहा, बहता रहा।

कुछ अनुभूत की गईं अनुभूतियाँ, कुछ दर्द पराया जो अपना सा ही लगा, कुछ प्रसंग, जिन्हें आस-पास से उठाया। कुछ सुख-दुख के पल, कहीं कोई नेपथ्य में छिपा भाव, कुछ देश-समाज के बदलते परिवेश और परिस्थितियों के परिदृश्य, कुछ सत्य और तथ्यों पर आधारित शब्दचित्र, तो कुछ कल्पना की कोख से जन्मी कविता की अनेक पंक्तियों को अनेक बार स्वयं ही कौतूहल से पढ़ा है मैंने। यह भाव कहाँ से आया! कैसे इस तरह अभिव्यक्त कर सकी मैं इसे। कई बार लगा, कविता मैं नहीं लिखती, मुझमें बसा 'वो' न जाने कौन है, जो लिखवाता है मुझसे कविता! वरना, यदि मैं ही लिखती कविता तो क्या कभी भी चाहने पर लिख पाती? साहित्य पढ़ा है, भाषा-शैली और व्याकरण की भी समझ है, किन्तु क्या इतना भर ही पर्याप्त है, काव्य-रचना के लिए! शायद नहीं। यदि सप्रयास कोई छन्दबद्ध या अतुकान्त कविता लिखी जाए, तो शायद उसमें और सब कुछ तो हो, किन्तु क्या कविता होगी वहाँ?

कुछ विद्वज्जन कविता को कई खाँचों-खेमों में बाँटते हैं, कुछ मनीषी समालोचकों, साहित्यकारों ने तो 'छन्दबद्ध कविता' अथवा 'गीतिकाव्य' को पूरी तरह नकार ही दिया। यदि इसे ही आधार मानें, तो क्या संस्कृत में लिखे गए अनेक काव्य-ग्रन्थों एवं महान महाकाव्यों को कविता की कसौटी पर

नकारा जा सकता है? क्या महाकवि कालिदास, तुलसीदास, भवभूति, सूरदास, कबीर, मीरां, रसखान अथवा अमीर खुसरो, अब्दुल रहीम, जायसी और केशव सरीखे महाकवियों की समूची काव्य-संरचना की अनदेखी की जा सकती है! ऐसे अनेक महाकवि जिन्होंने किसी विश्वविद्यालय से साहित्य की कोई डिग्री प्राप्त नहीं की, किसी पाठशाला में भी सम्भवतया पढ़ने नहीं गए, किन्तु जिनकी क़लम ने जिस काव्य-शिल्प को उकेरा, वह आज भी हमारे काव्य-कोष की अमूल्य, अमर धरोहर है, जिनको हमारे विद्यालयों, महाविद्यालयों एवं विश्वविद्यालयों के पाठ्यक्रम में पढ़ाया जाता है।

कविता छन्दबद्ध हो या छन्द से मुक्त, गीत हो, नवगीत या अ-गीत, किसी मंच से पढ़ी जाए अथवा सिनेमा के गीतों में सुनाई दे, या फिर किसी पुस्तक और पत्र-पत्रिका में दिखाई दे, मेरे मन के निकट कविता केवल 'कविता' है, बशर्ते कि वो 'कविता' हो। कविता को बेवजह के शब्दजाल या चामत्कारिक शैली में उलझाने की कसरती कोशिश सुधी पाठक या श्रोता सहज ही अनुभव कर लेते हैं। शायद इसीलिए कहते हैं कि 'सरल' लिखना बहुत कठिन है, सरल वही लिख पाएगा जो सहज 'कवि' है, केवल 'कवि'।

आज, जब लगभग सभी क्षेत्रों में गुटबाज़ी और श्रेष्ठता की जो होड़ सी लगी है, यदि काव्य-कला अथवा साहित्य के क्षेत्र में भी इसी प्रकार का पूर्वाग्रह एवं आडम्बर रचनात्मकता पर हावी हो गया, तो कविता और कला की संवेदनशीलता और सहजता तो उसके नीचे दबकर ही दम तोड़ देगी।

बहुत सम्भव है कि इसी होड़ के कारण आज हिन्दी की कविता पत्र-पत्रिकाओं से कहीं लुप्त सी हो गई है। भक्तिकाल, रीतिकाल अथवा वीरगाथा-काल की अमर काव्य-कृतियाँ केवल पुस्तकालयों की शोभा भर रह गई हैं। छायावाद अथवा रहस्यवाद के दौर के महान कवियों की रचनाएँ आज की हमारी युवा-पीढ़ी को कितना आकर्षित करती हैं? कविता के प्रति 'हठधर्मी' प्रयोगों के ऐसे ही प्रयोगवादों ने विधाओं के नाम पर विवाद ही खड़े किए हैं। अ-कवि होकर भी कवि कहलाने का विचित्र हठ! हिन्दी की अनेक प्रमुख साहित्यिक पत्र-पत्रिकाएँ भी क्या गुट-निरपेक्ष रह सकीं? इस खींचतान का परिणाम क्या रहा! अनेक ख्यातिप्राप्त हिन्दी की साहित्यिक पत्र-पत्रिकाएँ भी

शनैः-शनैः बन्द हो गईं, काव्य-रचनाओं की भाषा हमारे आम पाठक के मर्म को छूने में असमर्थ हो गई, बल्कि अपने सम्प्रेषण तक में सफल नहीं हो सकी। 'ख़ास' रचनाकारों की लिखी काव्य-रचनाओं को पत्र-पत्रिकाओं में तो ख़ास स्थान मिल गया, किन्तु, 'आम' आदमी की समझ से परे रहा! और ख़ास पाठक कितने? केवल मुट्ठी भर! परिणाम सामने है। यही स्थिति काव्य-मंचों की है, पहले 'काव्य-सम्मेलन' हुआ करते थे, फिर 'कवि-सम्मेलन', फिर केवल 'हास्य-रस' के कवि-सम्मेलन होने लगे। हास्य-रस तक तो ठीक था, किन्तु आजकल तो अधिकांश केवल हास्य-सम्मेलन भर ही रह गए हैं, जिनसे 'कविता' एवं 'रस' दोनों ही ग़ायब! बदलते समय के साथ ऐसे 'हास्य-सम्मेलनों' में श्रोता भी शुद्ध मनोरंजन या जी-भरकर हँसने के लिए ही आने लगे। 'पैसा वसूल' कवि-सम्मेलन। श्री बलबीर सिंह 'रंग', डॉ. हरिवंश राय 'बच्चन', गोपालदास 'नीरज', रमानाथ अवस्थी, रामावतार त्यागी, वीरेन्द्र मिश्र, देवराज 'दिनेश', भवानी प्रसाद मिश्र, डॉ. शिवमंगल सिंह 'सुमन', डॉ. कुँवर 'बेचैन' एवं उनसे भी पूर्व के स्वनामधन्य कवि श्री सूर्यकान्त त्रिपाठी 'निराला', श्री रामधारी सिंह 'दिनकर', महादेवी जी, मैथिलीशरण गुप्त, सुभद्रा कुमारी चौहान, जयशंकर प्रसाद, सुमित्रा नन्दन पन्त जैसे कवियों ने जहाँ कविता से काव्य-मंचों को रससिक्त कर गौरवान्वित किया, वहाँ समय के साथ रस-परिवर्तन हो गया। यहाँ मैं स्पष्ट करना चाहती हूँ कि किसी भी 'विधा' या 'वाद' की आलोचना करना मेरा उद्देश्य क़तई नहीं है, मैं किसी भी विधा के पक्ष या विपक्ष में नहीं। शायद यह परिवर्तन समय की माँग हो। शायद आज की तनाव भरी, थकन भरी, नीरस, हँसी को तरसती तल्ख़ ज़िन्दगी की माँग, केवल किसी भी तरह हँस लें। बस जी-भरकर हँस लेना या नेताओं, अफसरों को लक्ष्य कर लिखे गए हँसोड़ व्यंग्य, श्रोता को हास्य के साथ कहीं एक मीठी सन्तुष्टि भी देते हैं। मन की कड़वाहट को हँसी में घोल देना एक मीठा अनुभव रहता है। अन्यथा हास्य-रस भी काव्य के नौ रसों में से ही एक 'रस' है। 'शृंगार-रस' को 'रस-राज' अवश्य कहा गया है, लेकिन सभी 'रस' अपने आपमें परिपूर्ण हैं तथा पाठक या श्रोता की विभिन्न अनुभूतियों एवं भावों को आलोड़ित करते हैं। कुछ समालोचकों ने कहा भी है कि "**कविता**

भले ही एक 'व्यक्ति' की अभिव्यक्ति हो, किन्तु उसमें 'समष्टि' की भावनाएँ प्रतिबिम्बित होती हैं।'' एक व्यक्ति की अनुभूति जब अनेक की 'अनुभूति' से जुड़कर पाठकों या श्रोताओं के हृदय को द्रवित करती है, तो यह उक्ति सटीक लगती है, अधिक सरल शब्दों में कहूँ तो ''**कविता एक ऐसा दर्पण है जिसमें हर व्यक्ति को अपनी अनुभूति का बिम्ब दिखाई पड़ता है।''** तभी तो कविता व्यक्ति से समष्टि तक 'एकाकार' हो पाती है। सूक्ष्म से विराट, शून्य से अनन्त तक की एकरूप अन्तर्यात्रा!

'हास्य-रस' के अनेक रसज्ञ और प्रसिद्ध कवि हुए हैं, जिनकी रचनाओं एवं पुस्तकों का प्रकाशन हुआ है तथा हास्य-रस की रचनाओं का पाठ भी जिन्होंने काव्य-मंचों पर किया है। किन्तु आज, 'हास्य-कवि सम्मेलनों' से केवल हँसने की अपेक्षा रखनेवाले अधिकांश श्रोता, जब मात्र चुटकुलों पर आधारित तुकबन्दियों या अभद्र टिप्पणियों द्वारा 'हास्य' का 'कोटा' पूरा कर सन्तुष्ट हो लेते हैं, तो 'हास्य-रस' की चुटीली रचनाएँ भी दरकिनार हो जाती हैं। पीतल पर सोने की पॉलिश से ही जब काम चल जाए तो सोने पर सौ गुना अधिक क्यूँ ख़र्च किया जाए? आयोजक की समझदारी यही क़हती है। अब इसमें दोष किसका? कवियों का! कविता का! श्रोताओं का, आयोजकों का या फिर उनका, जिन्होंने कविता को इतना दुरूह, इतना दुष्कर बना दिया, जैसे कोई पहेली बूझ रहे हों, या चुनौती दे रहे हों; रसज्ञ श्रोताओं और पाठकों को, 'बूझो तो जानें!'

हिन्दी साहित्य के अच्छे-अच्छे मर्मज्ञ अथवा काव्य-प्रेमी लाख सिर खपाकर भी 'सार' नहीं समझ पाते ऐसी पेचीदा रचनाओं का। जैसे 'मॉडर्न-आर्ट' की परिभाषा में आने वाले चित्रों या कलाकृतियों की बारीकियों, पेचीदगियों और पृष्ठभूमि को समझ पाना अच्छे-अच्छों के बस की बात नहीं। जो 'नामचीन' हो गए, उनके नाम से कलाकृतियों का मूल्यांकन हो गया। चन्द कलाकृतियाँ, सैकड़ों व्याख्याएँ, चर्चाएँ और समीक्षाएँ समझ पाने में जितनी 'अबूझ' और 'अनोखी' होती हैं, उतनी ही उनकी क़द्र और क़ीमत बढ़ जाती है। कुछ वैसी ही पेचीदा और अबूझ होती हैं ऐसी काव्य-रचनाएँ, जिन्हें गिने-चुने बुद्धिजीवी ही लिख और समझ पाने में सक्षम होते हैं। यह एक लम्बी कथा है, 'कविता' और उसके 'रचनाकर्मी' की। कुछ समझ में आनेवाली, कुछ नहीं। जैसे कि

ज़िन्दगी। कुछ पता नहीं, क्या है आगे–कोई ख़तरनाक मोड़ या कोई दुर्गम रास्ता! घना जंगल या फूलों भरा उपवन! शीतल छाँव या वीरान भभकता रेगिस्तान!

कुछ फूल चुनकर भरे थे आँचल में, पता ही नहीं चला कैसे कुछ काँटे भी ख़ुद–ब–ख़ुद ही साथ चले आए। फूल तो मुरझाकर बिखर भी गए, किन्तु काँटे सूखकर और भी पैने और सख़्त हो गए हैं। वैसे भी इतने वर्षों की जीवन–यात्रा के बाद, उम्र के इस पड़ाव पर पहुँचकर, यही सोचती हूँ, कहाँ खड़ी हूँ मैं? किसी शिखर पर, ढलान पर या फिर हाशिए पर...!

अब जैसा भी कुछ है, अच्छा–बुरा, जो मन ने चाहा, लिखा। मन की पूरी ईमानदारी के साथ लिखा। कविता की शक्ल में ढले इन भावों और अनुभूतियों में कहीं आपको भी जीवन के किन्हीं क्षणों या विचारों और भावनाओं की झलक दिखाई दे, तो समझूँगी, मेरी कविता कहीं आपकी अपनी बन सकी। जीवन में बहुत–कुछ देखा, सीखा, अनुभव किया और जो देखा, जो जिया, उसे ही मेरी लेखनी ने उकेरा। न तो मैं विद्वान हूँ, न आलोचक या बुद्धिजीवी! मात्र हृदयजीवी हूँ। जैसा कुछ हृदय ने अनुभूत किया, लिखा। संस्कृत की प्राचीन उक्ति है, 'कवि करोति काव्यम् रसः जानाति पंडितः'। आलोचक, समालोचक या समीक्षक इन कविताओं को किस श्रेणी में रखेंगे! इस कविता–संग्रह को अपनी कसौटी पर कितना खरा पाएँगे, यह तो मैं नहीं जानती, किन्तु यदि ये रचनाएँ मेरे पाठकों को सन्तुष्ट कर सकीं; वे कहीं इनमें अपनी अभिव्यक्ति को अनुभूत कर सके, इन कविताओं, गीतों के साथ 'एकाकार' हो सके, तो वही मेरा सन्तोष, मेरा परितोष होगा। जिनको ये कविताएँ अपने रस से रससिक्त कर सकें, उनका आभार और जिन पाठकों को 'रास' न आएँ उनके प्रति भी 'आभार'। आख़िर सबकी अभिव्यक्ति स्वयं अनुभूत 'सत्य' भी तो एक जैसा नहीं होता!

कृतज्ञ हूँ, अपने लाखों श्रोताओं एवं पाठकों के प्रति, मेरी कविता के प्रति जिनका लगाव मेरे लेखन की प्रेरणा बना। उनके प्रति भी आभार, जिनकी आलोचनाओं ने मुझमें लेखन के प्रति अधिक उत्साह जगाया। आभारी हूँ, जीवन की उन तमाम परिस्थितियों तथा परिचित–अपरिचितों के प्रति, अपने–परायों के प्रति, जिनसे प्राप्त मीठे–कड़ुवे अनुभवों ने मुझे नई दिशा और नई दृष्टि दी। प्रतिष्ठित प्रकाशन समूह 'राजकमल प्रकाशन' ने मेरे इस काव्य–संग्रह

'देहरी का मन' को प्रकाशित करने का दायित्व स्वीकार किया, उनके प्रति भी हार्दिक आभार।

आभार, अपने पूज्य 'पिताश्री' श्री देवीसिंह जी का, जिन्होंने तेरह वर्ष की उम्र में लिखी मेरी पहली कविता 'जन-नायक नेहरू' की सराहना करके, मेरी क़लम को पंख दिए, तब से आज तक यह काव्य-यात्रा अनेक संघर्षों, आलोचनाओं और चुनौतियों से जूझते हुए अपने 'राजनीतिक कर्म' और अनेक दायित्वों के साथ भी जारी है। आभारी हूँ, इस जीवन के प्रति, जिसने मुझे इस जीवन के अनेक 'रंग-रूप' दिखाए। आभारी हूँ, उस जीवन-दाता के प्रति, जिसने मुझे यह दुर्लभ मानव-जीवन जीने का अवसर दिया। आभारी हूँ, अपने जन्म-दाताओं के प्रति, जो मुझे यह दुनिया दिखाने का माध्यम बने, और आभारी हूँ रक्त, मैत्री एवं परिजनों के उन सभी सामाजिक सम्बन्धों के प्रति, जिन्होंने मुझे जीवन का 'सत्य' समझने के अनुभव दिए। कवि हूँ, शायद इसीलिए सांसद बनने के बाद तथा कांग्रेस जैसे स्थापित संगठन में अनेक ज़िम्मेदारियाँ निभाने के बाद, गत तीस वर्षों में भी सम्भवतया मैं 'परिभाषित राजनीतिज्ञ' नहीं बन सकी। मेरे हृदय का 'रचनाकार' मेरी 'राजनीति' पर हावी रहा। मेरे मानस का 'कवि' जीवित है, तो मेरी 'संवेदनशीलता' भी जीवित है। शायद मेरी 'राजनीति' भी मेरी 'कविता' जैसी ही है। अब यह तो इन कविताओं के सुधी पाठक ही बताएँगे कि उन्हें कैसी लगीं मेरे इस कविता-संग्रह की बहुरंगी कविताएँ!

लोकसभा की विदुषी स्पीकर सांसद एवं कांग्रेस की वरिष्ठ नेता श्रीमती मीरा कुमार ने मेरे इस काव्य संकलन का 'आमुख' लिखना स्वीकार किया, इतनी व्यस्तता के बावजूद उन्होंने मेरी रचनाओं को पढ़ने तथा उन पर अपनी 'सम्मति' लिखने का समय निकाला, इस अपनत्व और संवेदनशीलता के लिए उनका आभार।

कई लोग शायद न जानते हों कि श्रीमती मीरा कुमार आई.एफ.एस. करने के बाद स्वयं विदेश सेवा में एक उच्च पदस्थ अधिकारी थीं, बाद में पूर्व प्रधानमंत्री श्री राजीव गांधी के आग्रह तथा अपने पिता एवं देश के सुप्रसिद्ध नेता बाबू श्री जगजीवन राम के निर्देश पर सरकारी नौकरी छोड़, बिहार के सासाराम लोकसभा क्षेत्र से सांसद का चुनाव लड़ीं तथा विजय के साथ अपनी राजनीतिक

यात्रा की शुरुआत की, और इस मुकाम तक पहुँचीं। उनके सहज, सरल, उदार एवं स्नेह भरे व्यवहार एवं व्यक्तित्व ने मुझे हमेशा प्रभावित किया है, इसके अलावा वे स्वयं एक विचारवान लेखिका एवं संवेदनशील कवयित्री भी हैं, तभी तो मेरे काव्य-संग्रह का 'आमुख' लिखने का मन बनाया तथा दो सप्ताह में मेरी रचनाएँ पढ़ने के बाद अपनी व्यस्तता के बीच भी प्रस्तावना लिखने का समय जुटा सकीं। अब मुझे अपने पाठकों के विचारों की प्रतीक्षा रहेगी। '**राजकमल प्रकाशन**' का पता ही मुझे आपकी भावनाओं एवं आपकी प्रतिक्रियाओं का पता देगा तथा आपकी प्रतिक्रियाएँ ही मुझमें बसे 'रचनाकार' को नई ऊर्जा और उत्साह देंगी।

मेरा यह 'कविता-संग्रह' समर्पित है, अपने पूज्य 'पिताश्री' की पावन स्मृति को, जिनका शरीर आज इस संसार में नहीं, किन्तु जिनका 'आशीर्वाद' और 'जीवन-मूल्य' सदैव मेरा 'मार्गदर्शन' करते रहेंगे।

मेरी जो प्रेरणादायी रचनाएँ हैं, वे कांग्रेस की सम्माननीय राष्ट्रीय अध्यक्ष एवं देश की लोकप्रिय नेता तथा त्याग और सेवा की निर्लिप्त प्रतिमूर्ति श्रीमती सोनिया गांधी को समर्पित हैं, जिनकी कथनी और करनी में कभी अन्तर नहीं रहा और जो कुछ कहा उसे पूरा करके दिखाया। उनके त्यागी एवं सेवा-भावी जीवन तथा प्रेरक विचारों ने मेरी सोच को नई दृष्टि दी है।

मेरी यह 'काव्यांजलि' समर्पित है उन सभी सुधी पाठकों को जो 'छिद्रान्वेषण' की अपेक्षा 'सार-सार को गहि रहै, थोथा देय उड़ाय' जैसी उदारता में विश्वास रखते हैं। समर्पित हैं मेरी सभी कविताएँ उस 'परम सत्य' को, जो अनेक अनुभवों से गुज़रने के बाद कहीं कुछ समझ में आता है। 'मन' के अलग-अलग 'मौसम' में, जो कुछ 'अनुभूत' किया, वही 'सत्य' कविता की शक्ल में, काग़ज़ पर उतरा है। सम्भवतया इनमें आप अपने अनुभूत 'सत्य' को भी कहीं पा सकें!

–डॉ. प्रभा ठाकुर

ए-137, कृष्णा मार्ग, श्याम नगर
जयपुर (राजस्थान)

अनुक्रम

प्रथम खंड

बोल मेरी मछली...

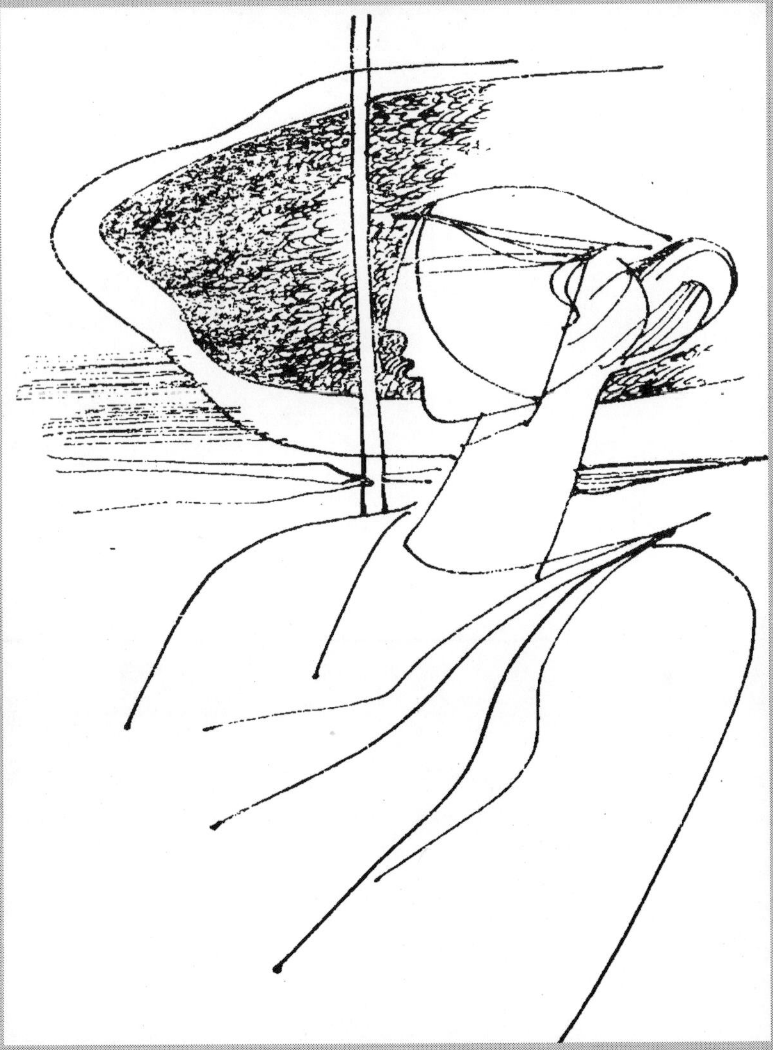

बोल मेरी मछली...

डूबे महल, दुमहले डूबे,
डूबे राज–पाट राजधानी,
डूब गए सतरंगी सपने,
आँखों तक आ पहुँचा पानी,
बोल मेरी मछली, कितना पानी!

इस धरती से नील गगन तक,
फैली हैं धरती की बाँहें।
मीलों तक लहराता सागर,
सागर में लहराती राहें।
फिर भी प्यास बुझा ना पाया,
सागर–सागर जितना पानी।
बोल मेरी मछली, कितना पानी!

दोपहरी में जलते–जलते,
चलते–चलते शाम हो गई,
चाँद को छूने की चाहत में,
यूँ ही उम्र तमाम हो गई।

कितनी भी फैली हो चाहे,
हो जाती है ख़त्म कहानी।

धरती–किले जीतने वाले,
कई सूरमा नामी देखे।
सोने के मृग पर ललचाते,
कितने योगी–ध्यानी देखे!
माया–जल में गोते खाते,
कितने सन्त, महात्मा, ज्ञानी?

दाता तेरी इस क़ुदरत के,
कितने रंग अनोखे देखे,
धरती का बँटवारा देखा,
और नदियों पर पहरे देखे,
देख न पाए, जल–थल एक दिन,
हो जाएगा पानी–पानी।

कितने जंगी जहाज डूबे,
माया के गहरे सागर में।
कितने ही तैराक खो गये,
भव–सागर के बीच भँवर में।
सागर को मीठा न कर सका,
बादल–बादल जितना पानी।

चार दिनों का था ये मेला,
उखड़े तम्बू, उजड़ा डेरा,
छूट गए सब संगी–साथी,
सूना आँगन रहा अकेला,
अब तो जाग नींद से पगले,
सिर से ऊपर हो गया पानी!
कितना पानी...कितना पानी!

...कुछ गीत लिखे हैं

"मैंने कुछ गीत लिखे हैं।
कुछ अन्तस से उमड़े हैं,
कुछ आँखों से उतरे हैं,
कुछ होंठों से फूटे हैं,
कुछ काग़ज़ पे बिखरे हैं।

कुछ उलझे धागों जैसे,
कुछ रेशम के लच्छों से,
कुछ ज़ुल्फ़ों से बल खाते,
कुछ बादल के गुच्छों से,
कुछ टँगे हुए खूँटी पर,
कुछ आँगन में पसरे हैं।

मेरे गीतों की भाषा,
मेरे कवि की भाषा है,
इनमें भी है, चिनगारी,
इनमें थोड़ी आशा है।

ये जलते–बुझते आखर,
अंगारों से गुज़रे हैं।

जब जो महसूस किया है,
मैंने वैसा ही गाया,
हर दर्द लगा अपना सा,
चाहे हो दर्द पराया,
सीने पर धरी शिला से,
कुछ पलकों पर ठहरे हैं,
मैंने, कुछ गीत लिखे हैं,
कुछ ऐसे गीत लिखे हैं।''

...देहरी का मन

द्वार से उकता गया है,
देहरी का मन,
अब कलाई से बहुत,
नाराज़ है कंगन।

धूप भाती है, न भाती छाँव है,
प्राण तक, लगता पराया गाँव है,
और टुकड़ों में बँटा है,
देह का दरपन।

कौन आया है, न कोई आएगा,
आरती का दीप जल, बुझ जाएगा,
फिर करेंगे नयन,
सूने द्वार का अर्चन!

किस अनागत की प्रतीक्षा है मुझे?
कौन देगा, नेह की दीक्षा मुझे!

दूर, कोसों दूर,
मेरे गीत का पाहुन।

यह उदासी, यह अकेलापन सघन,
यह विवशता, दाह यह, उमड़न–घुटन,
और तिल–तिल क्षार होता,
साँस का चन्दन।

द्वार से उकता गया है,
देहरी का मन।

...एक है कहानी

एक आँख है हँसी, तो एक आँख पानी,
तेरी मेरी ज़िन्दगी की, एक है कहानी।

एक आग दीप में है, एक चिता की अगन,
एक आग ज्योति है तो, एक आग है जलन।
एक ही कथा है किन्तु, अलग-अलग मानी,
तेरे सुख की, मेरे दुख की, एक है कहानी।

पी गए नदी समूची, पर तृषा नहीं मिटी,
प्यास तो बुझी, मगर यह कामना नहीं बुझी।
दौड़ती रही हिरन-सी, रेत पर जवानी,
तृप्ति की या प्यास की हो, एक है कहानी।

दोपहर का सूर्य देख, आँख चौंधिया गई,
कुछ उजास कम हुआ, तो दृष्टि राह पा गई।
रात और दिन का भेद, जानते हैं ज्ञानी,
अन्धकार-रोशनी की, एक है कहानी।

मन्दिरों में पूजते हैं, मूरतें नई–नई,
ख़ुद को पढ़ सके न, पढ़ीं पुस्तकें कई–कई।
फिर भी हम समझ न पाए, सूफ़ियों की बानी,
आदमी की, देवता की, एक है कहानी।

जीना आया, तब तलक तो ज़िन्दगी फिसल गई,
आईना वही रहा, ये सूरतें बदल गईं।
फिर नवीन कोख ढूँढ़े, आत्मा पुरानी,
मृत्यु और ज़िन्दगी की, एक है कहानी।

...प्रश्न है सबसे

मिल गए दोनों किनारे,
झोलियों में हैं सितारे,
ये हुआ कब से, तुम मिले जब से,
चाँदनी मन बन गया तब से।

इन घने कोलाहलों में,
भीड़ के इन जंगलों में,
कौन बिछुड़ा, कौन खोया,
अजनबी इन क़ाफ़िलों में,
किसने देखा है, किसने जाना है,
यक्ष जैसा प्रश्न है सबसे!

तुम मिले तो मिल गया ज्यों,
साज को संगीत कोई,
और जन्मों से भटकती,
आत्मा को गीत कोई,
तुम इसे गाना, चाहे बिसराना,
ये तराना है अलग सबसे।

एक अनजानी डगर पर,
एक अनजाना सफ़र था,
धूप की छत सिर पे थी, और
आँधियों का एक घर था,
तुम लिये आए, छाँव के साये,
ये फ़साना क्या कहूँ सबसे!

एक मन, और इतनी उलझन,
एक चेहरा, इतने दरपन,
कितनी राहें, कितनी चाहें,
कितने सपने, एक जीवन!
याद कुछ रखना, कुछ भुला देना,
ये हक़ीक़त, है अलग सबसे।

भीड़ बाहर, या कि भीतर,
आदमी, तनहा सफ़र पर,
कितने उत्तर हैं निरुत्तर,
ज़िन्दगी के हाशिए पर।
कोई बतलाए, कोई समझाए,
ये क़हानी, है अलग सबसे।

दो क़दम का फ़ासला भी,
उम्र भर, तय हो न पाया!
वक़्त से टूटा हुआ पल,

वक़्त से फिर जुड़ न पाया।
कुछ अलग तुम भी,
कुछ अलग हम भी,
तय करें गुमनाम ये रस्ते।

रोना मना है...

हृदय मेरे, नहीं हो तुम अकेले,
अकेलापन भी तो आराधना है,
सृजन के क्षणों में रोना मना है।

वो कोई बादलों में हँस रहा है,
अखिल आकाश में जो बस रहा है,
ये जीवन, उसी की अभ्यर्थना है।
नमन के क्षणों में, रोना मना है।

गगन की, अनछुई ऊँचाइयों तक,
धरा की, अनदिखी गहराइयों तक,
जो अनहद–नाद है, वो अनसुना है,
भजन के क्षणों में, रोना मना है।

अकेला मौन जब कुछ बोलता है,
अँधेरा अपनी आँखें खोलता है,
दिये की ज्योति से तम भेदना है,
तपन के क्षणों में, रोना मना है।

नयन में नीर, होंठों पे हँसी है,
खिलन फूलों की, शूलों से बिंधी है।
यही मुसकान की संवेदना है,
चुभन के क्षणों में, रोना मना है।

जो सूरज है, उसे जलना पड़ेगा,
जो हिमगिरि है, उसे गलना पड़ेगा,
यही देवत्व की चिर–वेदना है,
क्षरण के क्षणों में, रोना मना है।

तुमको सुनना होगा...

''सदियों के बारे में,
सुधियों के बारे में,
मुझको कुछ कहना है,
तुमको सुनना होगा।

हर जनम जली हूँ मैं,
हर जनम गली हूँ मैं,
तुम से धर्मात्मा से,
हर बार छली हूँ मैं,
इस बार हिमालय पर,
तुमको गलना होगा।
पापों के बारे में,
पुण्यों के बारे में,
मुझको कुछ कहना है,
तुमको सुनना होगा।

ये घर तेरा साथी,
तेरे आँगन-द्वारे,
अपना अधिकार कहाँ?

हम तो हैं बनजारे!
पर इस लाक्षा-गृह में,
तुमको जलना होगा।
इस पल के बारे में,
उस कल के बारे में,
मुझको कुछ कहना है,
तुमको सुनना होगा।

तुम सागर से गहरे,
मैं ताल-तलैया-सी,
तुम बरगद से ऊँचे,
मैं एक चिरैया-सी,
जब पर तौलूँगी मैं,
तुमको झुकना होगा।
प्रभुता के बारे में,
लघुता के बारे में,
मुझको कुछ कहना है,
तुमको सुनना होगा।

मेरा ही दोष नहीं,
तुम ही पारस कब थे!
लोहे की ढाल रहे,
अपने नाते-रिश्ते,
लोहे के साँचे में,
तुमको ढलना होगा।
पारस के बारे में,

कुन्दन के बारे में,
मुझको कुछ कहना है,
तुमको सुनना होगा।

ये गिरती दीवारें,
रस्मों की मनुहारें,
ये भी ढह जाएँगी,
रिश्तों की मीनारें,
इन मीनारों–सा ही,
तुमको ढहना होगा।
रस्मों के बारे में,
रिश्तों के बारे में,
मुझको कुछ कहना है,
तुमको सुनना होगा।

ये काँटे भी मेरे,
ये छाले भी मेरे,
ये आँचल भी मेरा,
ये आँसू भी मेरे,
भुगतान मगर सबका
तुमको करना होगा।
इस पल के बारे में,
उस कल के बारे में,
मुझको कुछ कहना है,
तुमको सुनना होगा।''

...फिर कुछ भी नहीं

एक वासन्ती निमंत्रण, और फिर कुछ भी नहीं,
एक स्नेहिल दृष्टि का ऋण, और फिर कुछ भी नहीं।

एक सुलगती दोपहर से, पनघटों तक आए तो,
दूरियों से, धड़कनों की आहटों तक आए तो,
एक ललचाया हुआ क्षण, और फिर कुछ भी नहीं।

मेघ जब छाए, लगा पुलकित कहीं होगी धरा,
किन्तु छलकर साध को, एक बूँद आँसू–सा गिरा,
एक हरियाया हुआ तृण, और फिर कुछ भी नहीं!

तुम रहे 'तुम', मैं रही 'मैं', मैं छली, तुम भी छले,
और दो परछाइयों की भाँति, जब–जब भी मिले,
एक दुहराया हुआ प्रण, और फिर कुछ भी नहीं।

हृदय तो तपता रहा, पर आँख को पानी मिला,
प्यास को खारे समंदर–सा, प्रणय–दानी मिला,
एक अनचाहा समर्पण, और फिर कुछ भी नहीं।

लेखनी ने दे दिए स्वर, गीत मैं गाती रही,
काग़ज़ों में रंग भर–भर, सत्य झुठलाती रही,
सिर्फ़ आँसू पर नियंत्रण, और फिर कुछ भी नहीं!

अर्थहीन लगती हैं...

भटकाती रहती हैं, तृष्णाएँ जीवन की,
फिर भी हसरत बाकी, हद है पागलपन की!

सुख बोया, दुख काटा, हर सौदे में घाटा,
सारा विष खुद पीकर, मैंने अमृत बाँटा।
अनजानी लगती है, देहरी भी आँगन की,
फिर भी हसरत बाकी, हद है पागलपन की!

मन को समझाऊँ तो, तन बाग़ी हो जाए।
तन सिंगारूँ तो मन, बैरागी हो जाए।
आँखें ही बरसें तो, क़ीमत क्या सावन की?
फिर भी हसरत बाकी, हद है पागलपन की!

जितना कुछ सौरभ था, किस्तों में दे डाला,
मुरझाई जाती है, रिश्तों की वर–माला,
अर्थहीन लगती हैं, बातें अपनेपन की।
फिर भी हसरत बाकी, हद है पागलपन की!

भोर हुई, दिन बीता, साँझ घिरी, तम छाया,
मेरे आकुल मन को, चैन कहाँ मिल पाया!
और, रुला जाती हैं, यादें कुछ बचपन की,
फिर भी हसरत बाकी, हद है पागलपन की!

...गुना तो होता

मन की तपन-थकन मिट जाये,
ऐसा वचन कहा तो होता,
सुनकर गीत, समय थम जाये,
ऐसा रुदन सुना तो होता!

तुमने केवल हँसी बटोरी,
आँखों का निर्झर कब देखा!
जब देखा वसंत ही देखा,
शाखों का पतझर कब देखा?
जिसकी पंखुरि संग शूल हों,
ऐसा सुमन चुना तो होता!

अहंकार की बुनियादों पर,
तुमने महल चुने गुरुता के,
तुम अज्ञान-अंध क्या जानो,
अर्थ, मोह-मंडित लघुता के!
त्याग-प्रेम के शब्द, 'किताबी',
रटते रहे, गुना तो होता!

चंदा की हिम–धवल चंद्रिका
में भी, दोष तुम्हें दिख पाया।
लाल पलाशों तक को तुमने,
गंधहीन कहकर ठुकराया।
इंद्र–धनुष के रंगोंवाला,
कोई सपन बुना तो होता!

लोग यहाँ मेहँदी वाले पैरों से,
शोलों पर चलते हैं।
काजल वाली आँखों से,
सीने तक परनाले ढलते हैं,
सब कुछ जान–बूझकर चुप हो,
सुनकर, शीश नमा तो होता!

...आकाश निहारे

कभी करे सूरज से विनती,
कभी विवश हो चाँद पुकारे,
पंख कटी मैना पिंजरे से,
सारा दिन आकाश निहारे।

काले-पीले-ऊदे बादल,
मुझे दिया करते आमंत्रण,
सतरंगी पंखों वाला मन,
मुझको उकसाता है हर क्षण,
टकरा-टकरा कर पिंजरे से,
मेरे सब मंसूबे हारे।

दाना-पानी सभी सुभीता,
पेट भरा, पर मन है रीता,
कौन भला आकर देखेगा,
कोई मरता है, या जीता!
दिन काटूँ मैं गिन-गिन पंछी,
रातें काटूँ गिन-गिन तारे।

आते–जाते संगी–साथी,
आवाजें देकर उड़ जाएँ,
हाथ हिलाकर हरी टहनियाँ,
मुझको अपने पास बुलाएँ,
पाँखों में मुँह छुपा–छुपाकर
रोयें बन्दी नयन बिचारे।

उस पीपल की हरी डाल पर,
मेरा नीड़ कभी था भाई,
जाने कौन अशुभ दिन था,
जब पंख कटे, पर मौत न आई!
मुझको रोज दिलासा देते,
दूर गगन के चाँद–सितारे।

मन है, सभी सलाखें तोड़ूँ,
प्राण तजूँ या पिंजरा छोड़ूँ,
इन लोहे की दीवारों से,
कब तक मैं, अपना सिर फोड़ूँ!
हर पल आकाशी मन मेरा,
राम–राम, हे राम! पुकारे।

दो मीठे से बोल...

थकन हर लेते तन–मन की,
तपन पी लेते जीवन की,
प्राण में देते मिसरी घोल,
तुम्हारे दो मीठे से बोल।

विजन में गूँजी शहनाई,
याद कोसों चलकर आई,
लिये कितने पल–छिन अनमोल।

कौन वो देस, जहाँ हो तुम?
भीड़ में, कहाँ हो गए गुम?
राह तकते नैना अनबोल।

भोर बीती सन्ध्या छाई,
देह से उतरी परछाईं,
कि अब तो घूँघट के पट खोल!

मेरा नाम एक...

कान्हा, तेरे नाम कई पर,
मेरा नाम एक, मैं राधा।
तू नटनागर, तू गिरधारी,
तू घनश्याम, श्याम, मैं राधा।

मुरली धारे, रास रचाये,
माखन चोरे, धेनु चराये,
बन सारथी, कभी रथ हाँके,
कभी सुदर्शन चक्र उठाये,
तेरे नाम अनेकों कान्हा,
मेरा नाम एक, मैं राधा।

तू देवकी कोख का जाया,
मथुरा से वृन्दावन आया,
राजा बन द्वारिका बसाई,
कुरुक्षेत्र में ज्ञान जगाया,
तेरे धाम अनेकों कान्हा,
मेरा धाम श्याम, मैं राधा।

तुझे न व्यापे मोह न माया,
तू बँधकर भी, बँध नहिं पाया,
मैं कैसे मन को समझाऊँ,
निर्गुण–पन्थ समझ नहिं पाऊँ
तेरे लीला–पंथ कई पर,
मेरा पंथ कान्ह, मैं राधा।

तूने गीता–योग सिखाया,
प्रेमी बन, योगी कहलाया,
कितनी ही रानी–पटरानी,
फिर भी राधा के मन भाया,
तेरे रंग करोड़ों कान्हा,
मेरा रंग कृष्ण, मैं राधा।

कविता ने चाहा...

कविता ने चाहा, मैंने लिख डाला,
उसमें व्यवधान कोई मैंने नहिं डाला!

कुंठाओं पर, कब पहरा बैठाया?
परदे में कोई भेद कब छिपाया?
गीतों की गति में अवरोध नहीं डाला!
कविता ने चाहा, मैंने लिख डाला।

भावों को मैंने दे दी आज़ादी,
पनपी शब्दों की बाग़ी आबादी,
काव्य-नियोजन का, झंझट नहिं पाला।
कविता ने चाहा, मैंने लिख डाला।

कड़ुवे मीठे क्षण, काग़ज़ पर बोए,
सारे ही सुख-दुख, स्याही से धोए,
अक्षर-अक्षर को बाँटकर उजाला,
कविता ने चाहा, मैंने लिख डाला।

भाषा, औ' शैली, व्याकरण भुला दी,
काव्य–शास्त्र की हर सीमा झुठला दी,
किन्तु क़लम का कोई कहा नहीं टाला।
कविता ने चाहा, मैंने लिख डाला।

तुम इन गीतों की क़ीमत मत आँको,
पाठक बन इनके अन्तर में झाँको,
लेखनी वकील थी, गवाह बना डाला,
कविता ने चाहा, मैंने लिख डाला।

...रोशनी शिखंडी है

ख़रगोशी सपनों को कब दुलराओगे,
अनचाही ख़ामोशी, कब तक दुहराओगे?

कितना ख़ालीपन है यादों के घेरे में,
बन्दी है आकर्षण वादों के डेरे में,
इतना तो कह दो इन बावरे मछेरों से,
बाँधे हो क्यूँ, गोरे चाँद को अँधेरे में!

धरती पर जलते हैं पौधे विश्वासों के,
कह दो, इन यायावर कुंठित आकाशों से,
फलधर्मा धरती पर, गरल न यूँ बरसाओ,
बंजर हो जाएगी, विष भरी उसाँसों से...!

होंठों पर सन्नाटा, मुसकानें बन्दी हैं,
सूर्य रश्मियों पर भी, अब तो पाबन्दी है,
सूख गया उजियाला, रातों के साये में,
हर जलते दीपक की रोशनी शिखंडी है।

सन्धि–पत्र भेजे हैं, कौंधती हवाओं ने,
तोड़ दिए सारे पुल, मौसमी बहावों ने।
पिंजरे की मैना से प्रश्न करें भी तो क्या?
मौन कर दिया जंगल, बाँस के अभावों ने।

...और एक बार

''खंड-खंड बिखरा मन, और एक बार।
फिर टूटा मन-दरपन, और एक बार।

टूटे दरपन में अब छवि कैसे देखूँ,
टुकड़ों में बँट जाऊँ, या दरपन फेंकूँ,
सैकड़ों दरारों से रिसते घावों को,
बहने दूँ, या कि पीर बहने से रोकूँ?
हँसकर जी लें जीवन, और एक बार!

इन बिखरी किरचों को, कौन अब समेटे,
भाग्य में लिखे सच को, कौन भला मेटे,
होनी के हाथों में काँटे ही काँटे,
काँटों को दामन में, कौन जो लपेटे?
मर्म तक बिंधा है तन, और एक बार।

कितने-कितने बन्धन, कैसी मजबूरी,
तन से मन तक भी, सौ योजन की दूरी,
इतनी-इतनी कोशिश, इतना सा जीवन,
कहने से व्यथा-कथा, कब होती पूरी,
सहना ही होगा मन, और एक बार।

रेत का बना था घर, बार–बार टूटा,
कच्चा रंग रिश्तों का बार–बार छूटा,
आँगन से पनघट तक काई ही काई
माटी का घट भर कर, बार–बार फूटा,
अपना ही करें हवन, और एक बार!''

पंछी यदि होते, तो हम भी जी जाते,
मुक्त गगन तक अपनी पाँखें फैलाते,
किंतु मनुज बेबस के, पंख नहीं होते,
वरना इस पिंजरे से कब के उड़ जाते,
स्वीकारें यह बंधन, और एक बार।

पा न सके तो त्यागें, सीख क्या बताई,
यश का यश मिले और पुण्य की कमाई!
नीति–धर्म की बातें पुस्तक में अच्छी,
भले से भला होगा, भली कही भाई!
अपना ही करें हवन, और एक बार?

बुलबुल के डेरे में सर्प का बसेरा?
भिक्षुक के हाथों में स्वर्ण का कटोरा!
बगुलों को राजतिलक, हंसों को जूठन,
सूरज की बस्ती में इस कदर अँधेरा!
इस युगक को करें नमन, और एक बार।''

द्वितीय खंड

...सब ठीक है

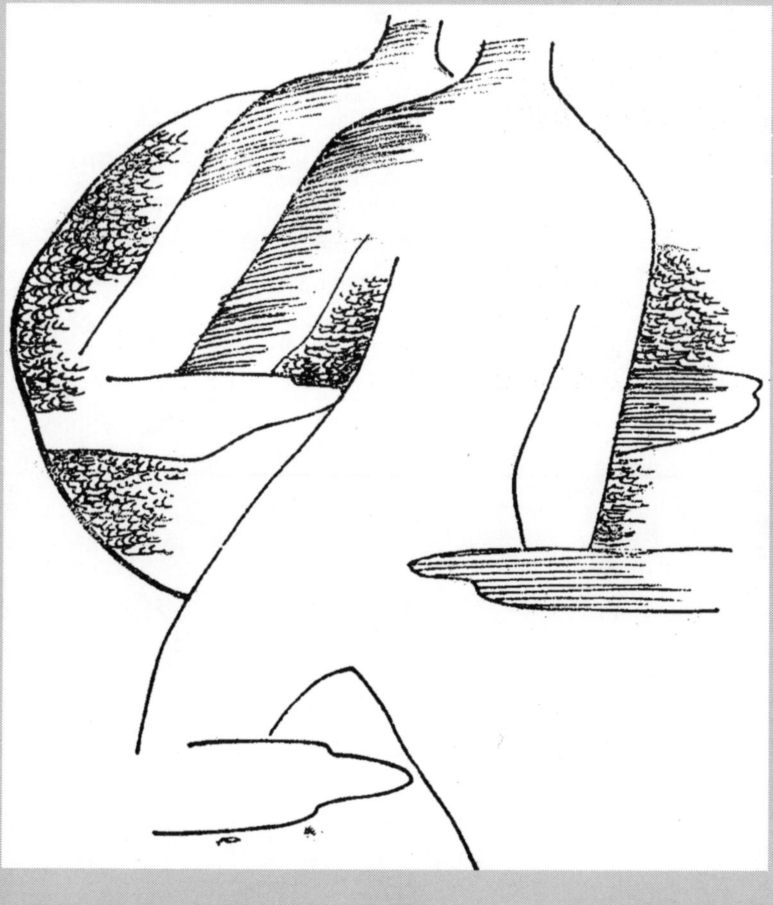

...सब ठीक है

अब कहीं लगता नहीं मन,
और तो सब ठीक है,
जी रहे हैं, शर्त गिन–गिन,
और तो सब ठीक है!

यह कोई जीना हुआ,
तारीख़ से जीते रहे,
प्राण की अनुभूति से,
प्रत्येक क्षण रीते रहे,
हर शहादत पर समर्थन,
और तो सब ठीक है!

ज़िन्दगी, तोला कभी माशा,
मुझे छलती रही।
हृदय की, हर विरोधी भाषा,
मुझे खलती रही।
नित्य आशाओं की कतरन,
और तो सब ठीक है!

क्या लिखूँ श्रृंगार,
मेरे गीत बैरागी हुए,
भाव हैं हड़ताल पर,
और 'शब्द' सब बाग़ी हुए!
लेखनी से रोज़ अनबन!
और तो सब ठीक है!

ऐसा भी देखा है...

ऐसा भी देखा है, ऐसा भी होता है,
जगता है अँधियारा, उजियारा सोता है।

साँस, हर अजानी है, ज़िन्दगी सयानी है,
आख़िर ढल जायेगी, धूप की कहानी है,
कश्ती का रखवाला, कश्ती डुबोता है।

गलियों–चौराहों पर, सड़कों–दोराहों पर,
काँटे ही काँटे हैं, गुलशन की बाँहों पर,
फूलों का दिल देखो, हँस–हँसकर रोता है।

रिश्ते–नाते सारे, अपने–दूजे, प्यारे,
क़िस्मत के फल हैं ये, कुछ मीठे, कुछ खारे,
वो वैसा काटेगा, जो जैसा बोता है।

हँसना क्या, रोना क्या, पाना क्या, खोना क्या,
माटी हो जाएगा, चाँदी क्या, सोना क्या!
मुसकानों का धागा, आँसू पिरोता है।
ऐसा भी देखा है, ऐसा भी होता है।

‘शाकुन्तलम्’ का अनुवाद...

“धूप है कुछ–कुछ, कहीं बरसात है,
यह नहीं कुछ और, बहकी याद है!

आहटों पर चौंकती हैं पुतलियाँ,
हर घड़ी–पल मापती हैं अँगुलियाँ,
अधर पे कुछ थरथराती बात है।

देख दर्पण, देखती रह जाऊँ मैं,
आईने में छवि तुम्हारी पाऊँ मैं,
यह निरा सपना है, या उन्माद है!

देह में सिमटी हुई अँगड़ाइयाँ,
नयन में तिरती, विगत परछाइयाँ,
दृष्टि, ‘शाकुन्तलम्’ का अनुवाद है।

कान में बजती हुई ख़ामोशियाँ,
हर दिशा, फैली हुई खामोशियाँ,

साँझ में उगती हुई सरगोशियाँ,
आँख में निथरा हुआ अवसाद है,
यह नहीं कुछ और, तेरी याद है!"

...अम्बर फूट गए

"बुनते-बुनते गीत,
समय के धागे टूट गए,
दो नयनों के हंस,
हृदय के मोती लूट गए।

आशाओं की शाखें पीलीं,
सावन जैसी आँखें गीलीं,
सपने सारे साथ रहे,
पर साथी छूट गए!

कौन है अपना, कौन पराया,
दुख में कोई काम न आया,
लिखते, पढ़ते, जाने कितने,
अक्षर रूठ गए।

क्या खोया, और कितना पाया,
सोचा तब, मैंने यह पाया,

अनजाने, कितने अमृत के
अम्बर फूट गए।

तन की चाँदी, मन का सोना,
महँगा–सस्ता, अब क्या रोना!
मन के सारे सच जाने क्यूँ,
हो अब झूठ गए।''

अर्थ कोई अपना...

"आँखों की भाषा आँखों से पढ़ लो,
अर्थ कोई अपना, मनचाहा गढ़ लो।

बरसों से संस्कार हृदय है बटोरे,
फूट नहीं पाएँगे, लाज के कटोरे,
आँखों की कोरों पर, गीत लिखा, पढ़ लो।

नयनों की भाषा, समझ नहीं पाते,
या कुछ कहने को, शब्द नहीं आते?
निर्मोही मन पर, नेह कवच मढ़ लो।

वाणी जड़, पलकें कर रही निहोरे,
अभी मेरे मन के पन्ने हैं कोरे,
नाम कोई अपना मनचाहा जड़ लो।

तुमने यदि मन के, बाँध नहीं तोड़े,
भीगते रहेंगे नयन ये निगोड़े,
एक बार, गीले काजल तक बढ़ लो!
अर्थ कोई अपना मनचाहा गढ़ लो।"

फिर भी धुन...

जाने कितने बीत गये दिन,
कितनी बार हुईं आँखें नम,
फिर भी धुन वैसी की वैसी,
मन की लगन वैसी की वैसी,
बीत गए कितने ही सावन,
पर रिमझिम वैसी की वैसी।

कितने आँधी–तूफ़ाँ आए,
कितने ज्वार चढ़े–उतराए,
कितने–कितने मीलों तैरे,
कितने डूबे, फिर उतराए!
दरिया पार उतर के देखा,
लहर–लहर वैसी की वैसी।

फूलों की भोली चाहत में,
काँटों के झूलों में झूले,
तनहाई से करी दोस्ती,
दुनिया के हंगामे भूले,

भूल गए सब गीत–तराने,
पर गुन–गुन वैसी की वैसी।

वे ही काली–गोरी रातें,
वे ही बिखरी–बिखरी बातें,
वैसा ही विश्वास भरा मन,
वैसा ही महका–सा मधुबन,
मौसम आए, मौसम जाए,
वंशी–धुन, वैसी की वैसी।

...दरपन जैसी दूरियाँ

"परछाईं-सी याद तुम्हारी,
दरपन जैसी दूरियाँ।
गरुड़ सरीखा स्वाभिमान,
पर, सर्पीली मजबूरियाँ।

अभिलाषा दुष्यन्त सरीखी,
शकुन्तला-सी आस है,
सागर जैसा आमंत्रण है,
गागर जैसी प्यास है,
गगन सरीखा गौरव, लेकिन
धरती-सी लाचारियाँ।

भोर, किसी खँडहर-सी सूनी,
अजगर जैसी शाम है।
निर्धन जैसा एक-एक पल,
क्षण-क्षण तेरा नाम है।
नई वधू जैसे दिन,
रातें, अनब्याही सुकुमारियाँ।

मधुबन जैसा लगता है जग,
कान्हा जैसी प्रीत है।
हिरनों–सा अनजाना यौवन,
कस्तूरी मन–मीत है।
पर–घन जैसा प्रणय निवेदन,
अनबोली मंजूरियाँ।''

वेदी तक आकर भी...

“कितने बन्दनवार सजाए,
आशाओं के द्वारे,
वेदी तक आकर भी,
मेरे सपने रहे कुँआरे।

तृष्णाएँ सागर तक दौड़ीं,
लेकिन जल खारा का खारा,
जाने कैसे राख हो गया,
चन्दन वन सारा का सारा,
ऐसी आँधी चली समय की,
गीत हुए बनजारे।

मेरी आँखों का काजल ही,
आँचल पर का दाग़ बन गया।
मेरे माथे का कुंकुम ही,
हवन-कुंड की आग बन गया।
सिन्दूरी-रेखा कर बैठी,
तन-मन के बँटवारे।

पखवारे भर महकी मेहँदी,
पहरों तक गूँजी शहनाई,
पाँव महावर, रची हथेली,
रिश्तों ने सौगन्ध उठाई,
लेकिन पँचरंगी चूनर के,
रंग थे कच्चे सारे!''

दोपहरी ढलने दो...

"बरगद–सी पलकों की, छाँह तनिक मिलने दो,
बहुत तप चुके, अब तो दोपहरी ढलने दो!

कंचन यदि होते तो, कुन्दन बन जाते हम,
गुलमुहरों का पूरा, नन्दन बन जाते हम!
आग के समन्दर से, आज तो निकलने दो।

जिसे ना मिला हो घर, प्रीत वो कहाँ जाए,
जिसे ना मिला हो स्वर, गीत भला क्या गाए!
जो नहीं ढले अब तक, शब्द आज ढलने दो।

लहर के इशारे पर, अब बहा नहीं जाता,
प्राण का परायापन, अब सहा नहीं जाता,
मन बहुत छला अब तक, आज और छलने दो।

बाँह पर नयन धरकर, आज नीर पीने दो,
जो बहुत सहज पल हैं, एक बार जीने दो,
एक बार तो मन को, छाँह भर बहलने दो।

इस कपोत से मन को, और कहाँ तक बाँधूँ!
बेड़ियाँ ये रस्मों की, और कहाँ तक लादूँ?
मोम सरीखा ये मन, आज तो पिघलने दो।

लेकिन मुझे किनारा दे दो...

थोड़ा और सहारा दे दो,
सागर सारा ले लो चाहे,
लेकिन मुझे किनारा दे दो!

इतनी लहरें, इतने मोती;
इतना सब लेकर क्या होगा,
जब खारापन लिखा भाग्य में,
इतना जल ढोकर क्या होगा?
जो मरुथल की तृषा बुझा दे,
ऐसी शीतल धारा दे दो।

कितने तिनके टूटा करते,
एक नीड़ तब बन पाता है,
कितने पात झरा करते,
तब, शाखों पर यौवन आता है,
यह विस्तार सहेजूँ कैसे,
इसे नेह की कारा दे दो।

शंख बजे और नींद न टूटे,
जग में ऐसा भी होता है
भीड़ भरे चौराहों पर भी,
मन का सूनापन रोता है,
जड़ बन गई चेतना को तुम,
कुछ खुशियों का पारा दे दो।

अब तो हंस नीर को तरसे,
मोती सपने की बातें हैं,
नीर–क्षीर का न्याय, न जाने
कौन जमाने की बातें हैं,
थोड़ी भूल हुई है मुझसे,
थोड़ी क्षमा दुबारा दे दो।

पथ का अंधकार हरने को,
एक दीप ही काफी होता।
मन का सूनापन भरने को,
एक मीत ही काफी होता।
चंदा–सूरज नहीं चाहिये,
नन्हा एक सितारा दे दो।

साध बहुत छोटी है मेरी,
लेकिन हृदय बड़ा पाया है।
सुख ने गर्व किया जब मुझसे,

मैंने हँसकर दुख गाया है।
बहुत जगह है मन में मेरे,
तुम अपना दुख सारा दे दो!

महाजनी साँसों का ऋण है,
जीवन का पर्याय मरण है,
कब तक उसे भुलावा देंगे,
आखिर को आना वह क्षण है,
प्राणों के छलने से पहले,
जीवन का इकतारा दे दो।

कब तक और...

कब तक और चुकाना है ऋण?
मुझसे अकसर पूछा करते,
मेरे बीते अपराधी क्षण!

शब्दों की दूकान सजाई,
अर्थों की पहचान गँवाई,
जाने कब से नजरबंद है,
मेरी कलम, कल्पना, स्याही,
तिस पर वचन निभाने का प्रण!

चाँदी के नीलामी घर में
बोली लगती संबंधों की,
कालीनों की इस मंडी में
कौन हैसियत पैबंदों की,
और, सजावट का आकर्षण?

अपने या इनके या उनके,
अंत वही हैं शीशमहल के,

बिखर गया जो तिनके-तिनके,
उन सारी बिखरी किरचों के,
पलकों से चुनने होंगे कण!

व्यर्थ विधाता को क्यूँ कोसें
लेखा सब अपने कर्मों का,
एक जनम क्या पूरा होगा
यह भुगतान कई जन्मों का,
फिर भी रूठा-रूठा दर्पण!

बिखरे सारे रिश्ते-नाते,
कितने वादे पूरे-आधे,
जाने कितना कर्ज लिया था,
सारा जीवन रहे चुकाते।
फिर भी असंतोष ही हर क्षण!

आँधियों के क़ाफ़िले में...

धुन्ध में डूबे किनारे, ज्वार के आसार,
कुछ नज़र आता नहीं है दूरियों के पार।

बावरे से मेघ, बौराई हुई धरती,
माफ़ किसको कर सकेगी पीर सावन की!
कौन गिनता, झर गए कितने सुमन सुकुमार।

बहुत बरसा नीर, जलता रहा किन्तु पलाश,
कोहरे में हो गई गुम, चातकी-सी प्यास,
गुलमुहर के तन-बदन पर दहकते अंगार!

बादलों के ढेर में डूबा हुआ दिनकर,
कर रहा है आज कोई पाप क्या छिपकर?
देख, कर्पूरी उषा पर जामुनी विष-धार!

मेघ-धारा धो न पाई, शाप सागर का,
जलधि होकर, हर न पाया ताप गागर का,
आह कितना क्षुद्र, इतने अहम् का विस्तार!

आँधियों के क़ाफ़िले में झींगुरों का शोर,
हो गई है सूर्य से विद्रोहिणी, यह भोर!
काँपती सूरजमुखी पर ओस का आभार!

याद आती रही...

"आँख रह-रह मेरी डबडबाती रही,
हम भुलाते रहे, याद आती रही!

प्राण सुलगे, तो जैसे धुआँ छा गया,
नैन भीगे, ज्यों प्यासा कुआँ पा गया,
रोते-रोते कोई बात याद आ गई,
अश्रु बहते रहे, मुसकुराती रही!

साँझ की डाल पर सुगबुगाती हवा,
फिर मुझे दृष्टि भरकर किसी ने छुआ,
घूमकर देखती हूँ तो कोई नहीं,
मेरी परछाईं मुझको चिढ़ाती रही!

एक तसवीर है, एक है आईना,
जब भी होता किसी से मेरा सामना,
मैं समझ ही न पाती, कि मैं कौन हूँ,
शक्ल, यूँ उलझनों को बढ़ाती रही।"

मीलों तक दौड़ाया है...

"पंछी, ना कोई पात, नहीं कोई छाया,
जाने किसने इस घाट पे छोड़ा है,
कट गई लहर से, छूट गई तट से,
बहती धारा को, ऐसा मोड़ा है।

पीड़ा को मेरी किसने पहचाना,
सबको होंठों की हँसी सुहाती है,
मुसकानों के सौदागर हैं सारे,
मैंने, जिनसे अपनापन जोड़ा है।

पहले तो नींद चुराते थे सपने,
अब तो सपने भी, आँख चुराते हैं।
मन की बातें, मन ही में रहने दो,
कहने–सुनने को जीवन थोड़ा है।

मीलों तक दौड़ाया है तृष्णा ने,
झीलों तक आकर प्यास थम गई है,
इन होंठों पर कोई पुल मत बाँधो,
इनसे आँखों ने नाता जोड़ा है।"

...शताब्दियों तक

युग–वर्ष बदल जाते हैं पर,
आशा के पात नहीं झरते,
कुछ भी बिक सकता है लेकिन,
श्रद्धा के सुमन नहीं बिकते!

अन्तर की स्याही पर तुमने,
मलमल का कुरता डाल लिया,
पैरों के नीचे धरती पर,
मख़मल का परदा ढाल दिया,
फिर भी न अभी तक समझ सके,
दलदल पर पाँव नहीं टिकते!

कर्जा लो, चाहे रहन रखो,
ऋण से दारिद्र्य नहीं जाता,
खोटा ही पैसा हो अपना,
मौक़े पर काम वही आता,
कितना भी रोशन हो, लेकिन
सूरज से दीप नहीं जलते!

आदर्शों की मत बात करो,
भूखे को भजन नहीं भाता,
ख़ाली घर, ख़ाली उदर कभी,
वादों से नहीं भरा जाता।
कितना भी जतन करे माली,
पतझड़ में चमन नहीं खिलते।

बेबस होकर जब मौन रहे,
वे समझे, हमसे सहमत हैं।
हमने जब घुटने टेक दिए,
वे समझे श्रृद्धा से नत हैं।
सौदागर, स्वर्ण–पींजरे में,
पंछी को गगन नहीं मिलते।

सोने की स्याही से चाहे,
पुस्तक पर पुस्तक लिख डालो,
मन को बदले बिन मिथ्या है,
चाहे इतिहास बदल डालो!
मन पर जो अक्षर खुद जाते,
वे शताब्दियों तक, सच कहते।

...माटी मोल बिकाये

पन्थ निहारूँ रैन-दिवस मैं,
अँसुवन दीप जलाये,
बात करूँ जब भी प्रियतम की,
नयना नीर बहाये।

कोई जोगी मन के द्वारे,
जब आ, अलख जगाये,
ऐसे में कोई भी रागी,
बैरागी बन जाये।

प्यास राधिका सी बावरिया,
कान्ह-कान्ह जब गाये,
अच्छा-खासा माया-वन भी,
वृन्दावन बन जाये।

जब भी कोई मीरां, हँसकर
प्रेम-गरल पी जाये

मन–मुरली से माधव कोई,
अमृत–रस बरसाये।

मोह–माया के कारण मानव
काहे बैर बढ़ाये!
सोने की काया भी एक दिन,
माटी–मोल बिकाये।

...अन्धकार है अथाह

अन्धकार है अथाह, धर्म की शरण चलो।
जग में है दुखों का दाह, धर्म की शरण चलो।
सत्य के लिये सतत प्रकाश के लिये अनन्त,
काट सारे मोह–बन्ध, नित्य की शरण चलो,
राम की शरण चलो, कृष्ण की शरण चलो,
बुद्ध की शरण चलो, धर्म की शरण चलो।

त्रेता युग में महान्, प्रगटे भगवान राम,
'मर्यादा पुरुषोत्तम', विनयी, दृढ़, शीलवान।
पत्नी–सुत, पिता–मात, सर्वोपरि है समाज,
युग के आदर्श पुरुष, सत्य वचन, सत्य बात।
तज समाज के हितार्थ, सारे सुख, सभी स्वार्थ,
राम ने कहा, सदैव सत्य की शरण चलो।
सत्य की शरण चलो, राम की शरण चलो,
राम की शरण चलो, धर्म की शरण चलो।

द्वापर में हुए श्याम, सत्–चित्–आनन्द–धाम।
लीलामय पूर्ण पुरुष, प्रेमी–योगी महान्,
कर्म ही है धर्म, करो कर्म, मन से हो अकाम,
कर्म–योग को साधो, गीता का तत्त्व–ज्ञान।
फल की आसक्ति छोड़, सभी मोह–बन्ध तोड़,
कामना से पीठ मोड़, कर्म की शरण चलो,
कर्म की शरण चलो, कृष्ण की शरण चलो,
कृष्ण की शरण चलो, धर्म की शरण चलो।

बोधि–सत्व, करुणा–अवतार, बुद्ध कहलाए,
कलियुग का तम हरने, जग में गौतम आए,
दुखमय यह विश्व, यहाँ दुख ही दुख हैं अनन्त,
बुद्ध ने बताया, इस जीवन का परम–पन्थ,
दुखों से त्राण हेतु, सुख के सन्धान हेतु,
छूट जन्म–चक्र से, निर्वाण की शरण चलो।
बोधि की शरण चलो, बुद्ध की शरण चलो,
बुद्ध की शरण चलो, धर्म की शरण चलो।

बुद्ध के बिना, युग का बोध न हो पाएगा,
कलियुग का धर्म–बोध, पूर्णता न पाएगा,
दर्पण खंडित हो, तो बिम्ब रहेगा अपूर्ण,

एक कड़ी छूटी तो, माला होगी न पूर्ण।
मानव-कल्याण हेतु, जोड़ो यह धर्म-सेतु,
लाँघ विश्व-वैतरणी, ब्रह्म की शरण चलो,
राम की शरण चलो, कृष्ण की शरण चलो,
बुद्ध की शरण चलो, धर्म की शरण चलो।

तृतीय खंड

इस छोर पर...

...इस छोर पर

ज़िन्दगी के मोड़ पर,
उम्र के इस छोर पर,
तुम मिले ऐसे मुझे,
ज्यों, अँधेरे की किरण,
ज्यों, उजाले को नयन,
तप्त मरुथल पर घिरी,
ज्यों घटा की छाँव हो।

इस अनोखे मेले में,
भाग्य के इस खेल में,
प्रीत की शतरंज पर,
टूटते अनुबन्ध पर,
तुम मिले ऐसे मुझे,
हारते को अन्त में,
जीत का ज्यों दाँव हो।

खौलते इस ज्वार में,
खींचते मझधार में,

लिपटते तूफ़ान से,
जूझते, मन-प्राण से,
तुम मिले ऐसे मुझे,
डूबते के हाथ में,
आ गई ज्यों नाव हो।

गाँव-गलियाँ टोहते,
नियति-विधि को कोसते,
इन दुखों की भीड़ में,
चन्द ख़ुशियाँ खोजते,
तुम मिले ऐसे मुझे,
ज्यों अँधेरी रात में,
रोशनी का गाँव हो।

यह बानगी...

और देखो, प्रेम की यह बानगी!

याद आते हैं, बिताए साथ वे दिन चन्द,
ज्यों, तवे पर जल गई सी रोटियों की गन्ध!
एक कड़ुवाहट भरी बेगानगी!

प्रेम था वह? एक सौदा, और घाटे का!
क्या बने उपचार, अब इस साँप काटे का?
धमनियों में दौड़ती दीवानगी!

ज़हर में अमृत घुला, वह भी ज़हर होगा।
देवता ने पुण्य के, बनवास ही भोगा,
क्या कहूँ इंसाफ़ की बेमानगी!

हर कोना महकता है...

''ये किसकी याद आई है कि
सारा घर महकता है।
बिना फूलों के, ख़ुशबू के बिना,
कमरा महकता है।

किसी के ध्यान की ये धूप–बाती
जब से सुलगी है,
न जाने बात क्या है,
मन का हर कोना महकता है।

महक ये हवा में है, फूल में है,
या कि साँसों में,
अजब सी बात है,
कल रात का सपना महकता है।

महक ये जानी–पहचानी,
कबीरा की अलख बानी,
कि मीरां जैसी दीवानी,
कोई तो बात है, जो आज
हर पल–छिन महकता है!''

मौन तिमिर में...

जीवन की सन्ध्या बेला में,
अलविदा, तुम्हें कहकर जब मैं,
तुमसे दूर चली जाऊँगी,
फिर भी दूर न जा पाऊँगी।

रजनी ढलते मौन तिमिर में,
जब कोई साँकल खड़काए,
बन्द खिड़कियों से जब मेरा,
गीत कोई भीतर आ जाए,
तुम खिड़की के कोने से,
वह गीत उठाना,
मैं सूनी तनहाई में, आकर गाऊँगी।

जब सूरज का रथ रुकते ही,
ऊषा के नूपुर थम जाएँ,
नई रोशनी गुप–चुप, गुप–चुप,
जुगनू की पाँखों पर आए।
और पहाड़ लाँघते

तेरे पाँव ढलानों पर रुक जाएँ
तब मैं तेरी छाया बनकर,
नंगे पाँव चली आऊँगी।

जब विश्राम क्षणों में तुमको,
कोई बाँह याद आ जाए।
और अमावस की रातों में
सोई सुधियाँ, तुम्हें जगाए।
तुम मुझको पुकारना मितवा,
मैं आँचल में दीप छिपाए,
सरिता–सी दौड़ी आऊँगी!
तुमसे दूर न रह पाऊँगी।

...साथ तुम चलो

धूप का उतार है
शाम का चढ़ाव है,
और रात स्याह है,
साथ तुम चलो।

जाने कितनी दूर अभी,
रोशनी का गाँव है,
जाने कब ये दिन ढला,
थकने लगे पाँव हैं
उम्र ये गवाह है,
साथ तुम चलो।

रोम–रोम में बसी,
साँस थी उधार की,
जैसे, मुफ़्त में मिली,
ज़िन्दगी गुज़ार दी।
टेढ़ी–मेढ़ी राह है,
साथ तुम चलो।

जानती हूँ, हैं अलग
तेरे–मेरे रास्ते।
कल बनोगे अजनबी
तुम भी मेरे वास्ते।
फिर भी अभी चाह है,
साथ तुम चलो।

...बीहड़ के सपने

बरसाती आँखें,
औ' बीहड़ के सपने।
यादों के जंगल में,
जंग लगी घास,
ठूँठ खड़ा, आशा का
एक अमलतास,
राहों के काँटे भी,
मीत लगे अपने।

मरुथल का माँझी
औ' झीलों की प्यास,
सूरज ने तोड़ दिए,
सारे विश्वास।
अँधियारी आँखों में,
भोर लगी चुभने!

अलसाई दोपहरी,
बिरहन का गीत!

बैसाखी रातों में,
बर्फ़ीला शीत!
चन्दा की किरणों से,
देह लगे तपने!

तिनकों का पुल...

दो पल का प्यार,
और, बरसों के वादे?
दो दिन के मीत,
और, जनमों के नाते!

रेतीले पथ पर,
एक कोंपल की छाया,
क्षणिक घाम में,
कंचन–चम्पा कुम्हलाया,
रीत गया,
अमृत का घट, आते–आते।

तितली के पंखों से,
इन्द्रधनुष बाँधा।
क्षुद्र कनेरों से,
कुछ गन्ध–राग माँगा,
तिनकों का पुल था,
जो टूटा बनवाते।

मौसम से कोई
अनुबन्ध नहीं होता।
नागफनी पर,
कुछ प्रतिबन्ध नहीं होता!
चन्दनिया गन्धों से,
सर्प खिंचे आते।

...बैंजनी धतूरे!

''चिपके हैं पेटों से, कई कनखजूरे,
उगे हुए आँखों में बैंजनी धतूरे।

सड़कों पर विज्ञापित आदमी हुआ,
टुकड़ों में जीना भी लाज़मी हुआ,
मन्दिर में स्थापित हुआ रुपैया,
देवता हमारे क्या हुए जमूरे!

चल रहे समूहों में, फ़ासला वही
मानदंड बदले हैं, मामला वही।
चाँद और तारों की होती चर्चा,
चित्र रोशनी के सब, पड़े अधूरे।

भ्रमित कर रही, ठगिनी चौमुखी दिशा,
केंचुलें बदलतीं नित, धर्म की विधा,
निर्वासित, राम जब हुए अवध से,
नियति कैकयी के, हुए सपने पूरे।

भावना हुई भिक्षुक, भाव बढ़ गए,
शिखर चोटियों पर तो साँप चढ़ गए,
नीलकंठ, मौन धरे मुसकुरा रहे,
बीन छिन गई, कितने दीन सपेरे!''

शिला दर्द की...

जाने क्यूँ इतना उदास मन!
नाराज़ बहुत अपने से,
नाराज़ बहुत अपनों से,
उचटा-उचटा हर महफ़िल में,
रूठा-रूठा तनहाई में,
ज्यों, कोई सपना टूट गया,
ज्यों, कोई अपना छूट गया,
क्या टूटा, आहट तक न हुई,
क्या छूटा, कोई ख़बर नहीं,
मैं नहीं जानती इस मन को,
क्या दूँ, जिससे ख़ुश हो जाए,
मन फिर उमंग से भर जाए।

बाहर-बाहर सब कुछ है पर,
भीतर-भीतर, रीता-रीता,
जग का हर रंग फीका-फीका,
मन करता है सब छोड़,
कहीं गुम हो जाऊँ!

गुमनाम अँधेरी किसी गुफा में खो जाऊँ!
बातें करती हूँ, हँसती हूँ,
भीतर फैला है सन्नाटा,
एक शिला दर्द की सीने पर,
निःशब्द मौन, अविचल जड़ता!

फिर, दर्द पिघलने लगता है,
फिर, बूँद-बूँद कर रिसता है,
जब कोई पास नहीं होता,
जब, कोई कहीं नहीं सुनता,
तब, चीर कलेजा उफन-उफन,
आँखों के प्याले भरता है,
क्या अर्थ-मर्म है इस दुख का?
इस गूँगी बहरी पीड़ा का!
क्या कहकर, इसको सहलाऊँ,
इस मन को कैसे बहलाऊँ!

जागी आँखों का सपना...

जीवन, क्या केवल सपना!
जागी आँखों का सपना!
सोया–सोया सा सपना,
खोया–खोया सा सपना!

हंसों से उड़ान भरते,
तितली से कहीं थिरकते,
कुछ रंग–बिरंगे सपने,
कड़वे–मीठे–से सपने।
कुछ अनचाहे से सपने
कुछ अपने–अपने सपने।

सपनों की बात करें क्या!
कब सपने सच होते हैं?
सपने तो बस सपने हैं,
सपने किसके होते हैं!
सपनों से रिश्ते–नाते
सपनों जैसे मिट जाते!

आँखों से धुन्ध हटी तो
सपने, सपने रह जाते
कोई आँख चुराकर बोले
सपनों की झूठी बोली।
कोई दिन–दोपहरी खेले,
सपने संग आँख–मिचौली।
फिर रुला गया कोई सपना,
फिर हँसा गया कोई सपना।

ये जग भी तो एक सपना,
जागी आँखों का सपना,
जब आँख बन्द हो जाए,
तब 'सत्य' दिखाए सपना!
जीवन क्या, केवल सपना?

...आख़िरी पड़ाव

सन्ध्या ने सहलाए सूरज के घाव,
समय खे रहा, जर्जर सदियों की नाव।

आशाएँ पथराईं, उखड़ा है दम,
हार गए, राहों से जूझते क़दम,
हर पथ को समझूँ मैं आख़िरी पड़ाव?

साथ नहीं कोई, बस साँसों का थैला,
जीवन के पथ पर, हर आदमी अकेला,
जाने कब भटका दे मौसमी बहाव!

खंड-काव्य होकर भी, कथ्य है अधूरा,
एक शब्द से, कैसे गीत बने पूरा?
मेरी हर गति में है लम्बा ठहराव...।

...सुधियों का वंश

''बाँझ हो गया, सारी सुधियों का वंश,
तोड़ दिए सर्पीली यादों के दंश!

नागफनी के पौधे वक्ष में छिपाए,
मन के भीतर कितने गोदने गुदाए,
आहत हैं अब तक ये मानस के हंस!

अन्तर की परतों तक, ज़हर गया बोया,
तब जाकर, काँटों का विपुल वंश खोया,
कसक रहे हैं फिर भी, कुछ टूटे अंश!

बूँद-बूँद आँसू तक, यत्न से सहेजा।
पथरीले साँचे में, मोम सा कलेजा।
कोमलतम भाव हुए कैसे निर्वंश!''

नेह की किरण...

"सूरज-सा उग आया
गुनगुना सा दिन।
रोम-रोम सहलाये,
नेह की किरण"

1. आज दिन खिला-खिला सा,
   बात क्या हुई!
   मन मेरा घुला-घुला सा,
   बात क्या हुई!
   टकटकी लगाये खड़े
   बावरे नयन।

2. द्वार पर ये दस्तक,
   क्या दे रही हवा?
   देहरी को किस चरण की,
   धूल ने छुआ!
   किसकी आहट सुन,
   अकुलाई धड़कन!

3. कृष्णमयी देह हँसी,
याद कौन आया!
निर्जन वृंदावन में,
कौन चला आया!
पोर-पोर बाज रही,
वंशी की धुन।

4. साँवरी घटा घुमड़ी कहीं तो झरेगी!
सूखी धरती को, फिर तर-ब-तर करेगी।
प्यासे पपिहरे के, बदलेंगे दिन!

5. आँख-मिचौली करती, किरणों की माया।
बारिश है कहीं, कहीं धूप, कहीं छाया।
छोटी-सी बदली ने, ढाँप दिया दिन।
झिमिर-झिमिर बरस रही, नेह की किरण।

...नेह–परस

उग आया आँखों में,
सुधियों का इन्द्र–धनुष,
फिर सूने माथे पर,
उभरा है नेह–परस।

काँप–काँप ठहरा है,
सुधियों का सागर
ठहरे जल में जैसे
फेंका हो काँकर,
आँखों में तिर आए,
सपनीले, विगत बरस!

तुलसी के चौरे पर,
जलती, सँझ–बाती,
शीश नवाते बरबस,
भर आई छाती।
मन्दिर की प्रतिमा में,
हँसता वह देव–दरस!

गुलमुहरी गाल हुए,
आँखें अंगूरी,
दरपन में बिखरी
वह आभा सिन्दूरी,
सतरंगी सृष्टि हुई,
दृष्टि गई तरस–तरस।

मन की भाषा गूँगी,
आखर अनब्याहे!
अनपढ़ अनुभूति,
मर्म कैसे समझाए?
प्राणों को सींच गए
वे मीठे बोल सरस।

कासनी कुहासे...

कासनी कुहासे,
ज्ञान–चक्षु प्यासे।
आँखों में जाला,
अधरों पर हाला,
आँधियाँ उकेरे,
प्रश्न खड़े घेरे,
मनचाहे उत्तर,
पाऊँगी कहाँ से?

दरकती दरारें,
उगती दीवारें!
टूटते झरोखे,
नियति के टहोके,
मुँह लगे अँधेरे,
ज्योति के पिपासे!

छन्दबद्ध जीवन,
छल–भरे समर्पण,

भैरवी निशाएँ,
शंखिनी दिशाएँ,
चौराहों पर हैं,
नित नये तमाशे!

आवरण घनेरा,
आरसी, अँधेरा!
ज्ञान टोहता है,
प्राण मोहता है,
यौवन का नश्तर,
रूप को तराशे!

साँस, सर्पिणी-सी,
आयु, गर्भिणी-सी,
नेह, चुका सारा!
देह, थका-हारा!
फूट नहीं पाते,
मोह के बताशे!!

यह, विष-दंशन...

''रे, मेरे पीड़ित अन्तर्मन!

वही शूल सा टीस रहा,
तूने समझा था जिसे सुमन!

इस मन के निर्मल-मन्दिर में,
प्राणों का शंख बजाया था,
पूजा की वेदी पर धरकर,
नन्हा-सा दीप जलाया था,
वह दीप-शिखा ही अन्तर में,
क्यूँ भरती रहती सदा जलन?

उज्ज्वल आशा के सूरज को,
किस काल-केतु ने निगल लिया?
सुकुमार सुनहली किरणों को,
किसने, बहलाकर कुचल दिया?
खंडित विश्वासों का मन्दिर,
मिथ्या, पाषाणों का वन्दन!

अपमान, व्याधि का जो भीषण
दावानल, मुझको दहता है!
कुंडलि मारे जो काल–सर्प
कुंठा का, पल–पल डसता है।
मेरे ही प्राण जानते हैं,
तुम क्या जानो यह विष–दंशन!

हो सकता है चलते–चलते,
साँसों का वैभव चुक जाए।
क्या जाने कब खिंचते–खिंचते
प्राणों की डोर चटख जाए।
शायद, तब मिटा न पाओगे,
मुझ बिन, वह मीलों सूनापन...!''

पोर-पोर सन्नाटा...

रात पूर्णमासी,
चन्द्रमा प्रवासी,
रोम-रोम सुलगाती,
चाँदनी शिखा-सी।

बहक-बहक ठहर गया,
आँचल अनुरागी।
गदराई सोनजुही,
रात-रात जागी।
वेणी के फूल,
हुए जाते हैं बासी!
होंठ रहे हँसते,
मन ज़ार-ज़ार रोया।
दीप तले रहता ज्यों,
अन्धकार सोया,
छकी हुई आँखों की,
दृष्टि रही प्यासी।
पनियाली पलकों से,

भीगे पखवारे,
द्वार–देहरी सूनी,
आकुल गलियारे,
पोर–पोर सन्नाटा,
चौक–भर उदासी!

हो गई भोर...

"तृष्णाओं की इस नगरी का,
ओर न कोई छोर,
दिवाने, जाग हो गई भोर!

ये घर तेरा, ये घर मेरा,
दो दिन का है रैन–बसेरा,
फिर ये पंछी उड़ जाएगा,
जाने, कब किस ओर
बावरे, जाग हो गई भोर!

मुट्ठी बाँधे आए जग में,
हाथ पसारे कहाँ चल दिए?
छूट गया सब तेरा–मेरा,
चुरा ले गया चोर!
सयाने, जाग हो गई भोर!

कितने अमृत के, घट रीते,
कितना हारे, कितना जीते!

गुणा–भाग करते कब टूटे,
साँसों की ये डोर।
अजाने, जाग हो गई भोर!''

पाहनी परिधान में...

देह ही जीवित रही है,
मर चुके हैं प्राण।
इस चिरन्तन वेदना से,
कब मिलेगा त्राण!
अनवरत जलते,
हृदय के हवन को तापूँ!
अनगिनत मनके व्यथा के
हर दिवस जापूँ!
पाहनी परिधान में
लिपटा हुआ भगवान!
प्राण, यूँ आहत हुआ,
हृद्गति हुई असहाय।
होंठ पर ताले पड़े,
वाणी यहाँ निरुपाय,
सुन नहीं पाती,
स्वयं की आत्मा के गान!
देहरी को ही
समर्पित कर दिया जीवन!

सिया आँचल, पर
उधड़ती जा रही सीवन!
जो नहीं सुख दे सका,
ऐसा मिला सम्मान!

...वर्जित अधिकार

"उलझ गई धागों में प्रीत की पतंग,
ठगी रह गई शिशु-सी बावरी उमंग।

बौर लदी टहनी पर, बोल रहा काग,
खेल रहा था जब मन, सुधियों के फाग,
चुरा लिया धोखे से, चूनर का रंग!

हर पल आकुल बन्दी, न्यायालय बहरा,
श्वासों पर लगा हुआ प्रभुता का पहरा,
मुरदा सम्बन्धों पर बजते हैं चंग!

धर्म-भीरु हाथों में, वर्जित अधिकार!
सन्धि-पत्र पर छपते, बेबस स्वीकार!
द्वार-द्वार पर साँकल, तालों पर जंग।

तारों को गोद लिये, दहता आकाश,
अपने ही फूलों से जल गया पलाश!
हवन किया है ऐसा, झुलस गए अंग!"

चतुर्थ खंड

आग जमा कर...

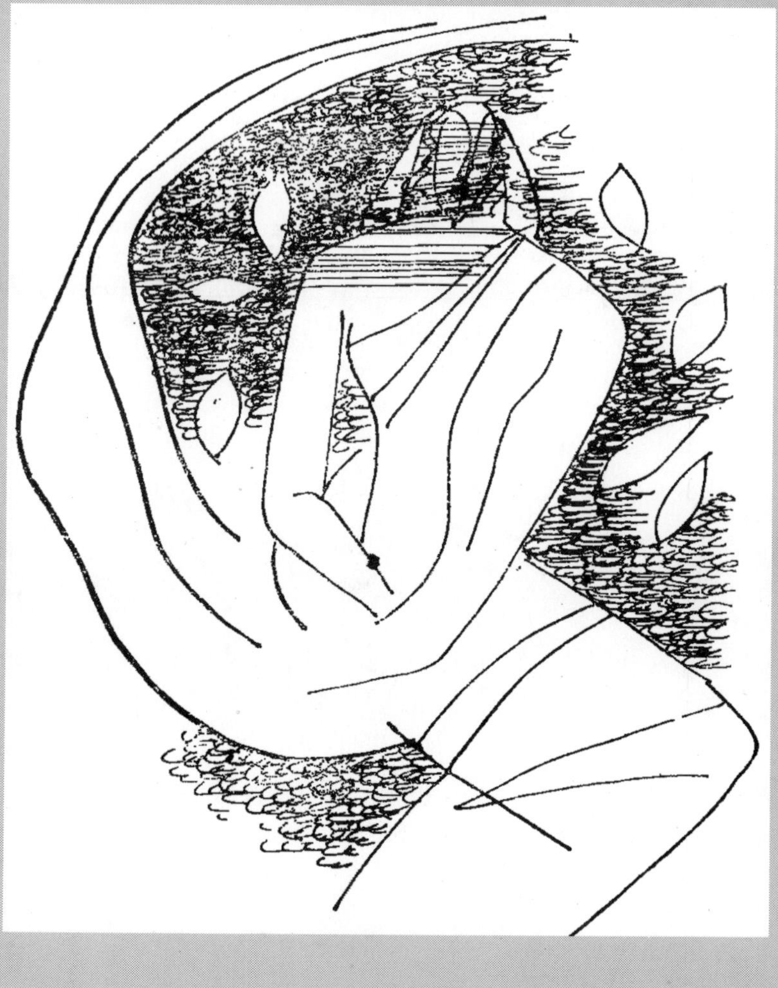

आग जमा कर...

“आग जमा कर!
आग काम आएगी,
आग जमा कर!

दिल जरा कड़ा कर ले,
हौसला बड़ा कर ले,
आँख मूँदकर पी ले,
अश्रु या गरल!
आग जमा कर।

घुट–घुट, आँसू पीकर
रोने से क्या होगा!
रोते पर हँसता जग,
रोने से क्या होगा!
आँसू की बूँदों को चिनगारी कर,

आँसू जब बहते हैं,
आग साथ बह जाती,

आँसू जब गिरते हैं,
आग राख बन जाती,
आग ये ठंडी न पड़े,
रखना जला कर।

आग की नदी है, जो
पार तुझे करनी है,
पार उतरना है तो,
ये जलन तो सहनी है,
आग को रखना जीवित,
खुद को जलाकर।

जितनी पी आग, उसकी
लपट न बाहर आए,
शोलों को सहने का,
दर्द ना झलक पाए,
कोई ना जान सके,
रखना छिपाकर,

आग तेरे सीने की,
आग से बचाएगी,
आग से डरोगे तो,
आग ये डराएगी!
आग ये ठंडक देगी,

इंतज़ार कर।
आग जमा कर।
आग काम आएगी,
आग जमा कर।

अनुबन्धों को तोड़ो...

दिशाहीन होने दो।

नपे–तुले क़दमों से,
लगे–बँधे, रस्तों पर,
चलना,
अब दुष्कर है।

कल के, या परसों के,
अनुबन्धों को तोड़ो,
अन्तर की घाटी से,
आता, अब यह स्वर है।
प्राणों को,
अन्तर्मन के अधीन होने दो!

आतंकित शंख–नाद,
गूँगे–बहरे विवाद,
कुंठा, लिप्सा, प्रमाद,
देव–देव का प्रसाद,

धर्म-वाद, धन्यवाद,
इन सबसे पा निजात,
भार-हीन होने दो!

क्या होगा सब पा कर,
पा कर, सब खोना है।
फिर क्यूँ इतना तनाव!
होना, सो होना है।
चुप-चुप विष पीना क्या?
डर-डर के जीना क्या!
एक बार तय कर लो,
होता सो, होने दो!

इन अन्धी गलियों में,
इन अन्धे झुंडों के साथ
कहाँ पहुँचेंगे?
अन्धों की भाँति,
सिर्फ़, इधर-उधर भटकेंगे।
अपना पथ स्वयं खोज,
ख़ुद, अपनी राह बना,
इन अन्धी, भेड़-चाल राहों को,
खोने दो!
दिशा-हीन होने दो।

...फागुन के रंग

फूल–पात पर छाए
फागुन के रंग।
ओर–छोर छितराए,
फागुन के रंग।

सुर्ख़, दूधिया, पीले,
हरे, जामुनी, नीले,
द्वार–द्वार इतराए
फागुन के रंग।

धूप, गुनगुनी कोरी,
देखो आ गई होरी,
घाम देख, अलसाए
फागुन के रंग।

बूढ़ों के मिले गले,
तरुणाई पर मचले,

छौनों के मन भाए,
फागुन के रंग।

गाँव की किशोरी का,
अनब्याही गोरी का,
रूप देख, ललचाए
फागुन के रंग।

आँखों में प्रीत घोल,
गालों पर कर किलोल,
अँगिया पर गदराए
फागुन के रंग।

घूँघट की लाज तोड़,
देहरी की आन छोड़,
राह–बाट बौराए
फागुन के रंग।

ढीठ, बावरे, नटखट,
आँख–मिचौली, खटपट।
पीव देख शरमाए,
फागुन के रंग।

उनके हाथों में थी लेखनी...

''क़ायदे सब विफल हो गए,
हारके वो सफल हो गए।

हमने बाँटा था अमृत मगर,
लोग, पीके गरल हो गए।

रात कीचड़ में थे जो धँसे,
भोर होते, कमल हो गए।

देखने में लगे जो कठिन,
आँकने में सरल हो गए।

कल तलक जिनका चरचा न था,
आज वे लोग 'कल' हो गए!

अपने चेहरे पे कालिख लगा,
वस्त्र उनके धवल हो गए?

पीठ पर पेट ढोते कई,
आदमी की नक़ल हो गए।

उनके हाथों में थी लेखनी,
सारे प्रश्नों का हल हो गए!

वे तने तो किले बन गए,
वे झुके तो महल हो गए!

छपते-छपते वे अख़बार में,
वर्ष, दिन, माह, पल हो गए।

भाग्य है देश का क्या कहें,
भाग्य उनके प्रबल हो गए।

अर्थ न पूछो...

ऐसे कवि कितने हैं?

शब्दों की कसरती पहेलियाँ बुझाते,
बौद्धिक आवरण ओढ़, शीशा को खुजाते,
गिनती में ना आएँ, इतने हैं!

चुरुटों, सिगरेटों की खींचते लकीरें।
घोंटते हैं कॉफी–हाउस में तक़रीरें।
रीत चुकी गागर के ढकने हैं।

पत्र–पत्रिकाओं से 'साहित्यिक' नाते!
काग़ज़–भर, छपकर फूले नहीं समाते।
अर्थ न पूछो, चाहो जितने हैं!

वक़्त–ज़रूरत ये भी भक्ति गीत गाते,
हाथ जोड़, घुटनों तक दुहरे हो जाते,
रीढ़–हीन पाँवों के टखने हैं।
ऐसे कवि कितने हैं!

हम चन्द्रमा ईदवाले...

स्याही तो नीलाम हो गई,
किन्तु, शब्द बदनाम हो गये!
हम चन्द्रमा ईदवाले थे,
गली-गली में आम हो गये!

अब तो गीत सुनाना,
एक विवशता है, दुनियादारी है,
मन में है कुछ और बात,
अधरों पर जो है, लाचारी है।
हम वेदों के गायक,
कैसे, गीतों की दूकान हो गये!

अब न रहे वे दिन, वे 'दिनकर',
मौसम ही बदला-बदला है,
समय देखकर तेवर बदले,
समय साधकर स्वर बदला है
नीति-अनीति बतानेवाले,
सत्ता के दरबान हो गये?

गंगा के पानी में कैसे,
स्वाद घुला सागर के जल का?
कैसे टहनी पर गुलाब की,
फूल निकल आया सेमल का!
हम अमृत के अमर चषक,
कैसे मदिरा के जाम हो गये?

ये ज़िन्दगी...

ये ज़िन्दगी ग़म ही सही,
ये ज़िन्दगी कम ही सही,
पर ज़िन्दगी, भाती तो है,
सबका दिल, लुभाती तो है!

आबादियाँ–वीरानियाँ,
ख़ुशहालियाँ–रुसवाइयाँ,
सब ज़िन्दगी के नाम हैं,
ये ज़िन्दगी के ईनाम हैं,
खट्टी सही, मीठी सही,
ये ज़िन्दगी कड़वी सही,
है ज़िन्दगी, तो हर बात है,
सब ज़िन्दगी की सौगात है।

सूरज–गगन, धरती–हवा,
सुख–दुख, हँसी, सरगम, पिया,
इसने हमें, क्या–क्या दिया,

इस ज़िन्दगी का शुक्रिया,
ये दो घड़ी का सपना सही,
ये चार दिन का नग़मा सही,
पर ज़िन्दगी गाती तो है,
ग़म ही सही, मुसकुराती तो है।

थोड़ा बुरा, थोड़ा भला,
तक़दीर का, है सिलसिला,
जो भी दिया, वो ही मिला,
फिर, ज़िन्दगी से कैसा गिला?
अमृत यही, मदिरा यही,
विष मान लो, विष ही सही!
ये जाम तो पीना ही है,
हँस के जिये, तो जीना भी है!

ये ज़िन्दगी एक राज़ है,
ये खुद, ख़ुदा की आवाज़ है,
इस राज़ को, जो पा जाओगे,
तो जान लो, कि जी जाओगे,
ये ज़िन्दगी धोखा सही,
कर्मों का ये सौदा सही,
पर मुफ़्त में ये मिलती नहीं,
ये इस क़दर भी, सस्ती नहीं।

क्यूँ मौत की माँगें दुआ,
जाना तो है, फिर फ़िक्र क्या!
कुछ, ज़िन्दगी में कर के चलो,
ये क़र्ज़ है, भर के चलो।
सच्ची सही, झूठी सही,
गर ये नहीं, तो कुछ भी नहीं,
इस दास्ताँ को, उनवान दो,
इस ज़िन्दगी को, पहचान दो।

...पहचान न पाये

या तुम मुझको जान न पाये,
या शायद पहचान न पाये,
या इतने नादान रहे तुम,
या हालात समझ ना पाये,
पंछी हैं हम,
हमको इतना दीन न समझो,
पंख अगर फैलाएँगे,
लौट कभी इस डाली पर,
नहीं आयेंगे।

कंचन सपने स्याह हो गये,
रातों की अगवानी में,
मन का चन्दन हुआ विषैला,
साँपों की मेहमानी में,
इन्द्रधनुष के रंग पुँछ गए,
दो दिन की नादानी में,
डूब गई सुख की परछाईं,
एक अँजुरी पानी में।

कश्ती हैं हम,
कितने आँधी–तूफ़ाँ आएँ,
डूब कभी ना पाएँगे,
डूब गए यदि,
तो फिर लौट के आयेंगे।

मेरे आँगन जूही फूली,
मेरे आँगन हँसा पलाश,
मेरे घर की फुलवारी से,
पूछो तुम मेरा इतिहास,
जब मौसम ने हाथ बढ़ाया,
शूलों ने बींधा मधुमास,
अब तक कसक रही,
बगिया के उर में,
नागफनी की फाँस!
ख़ुशबू हैं हम,
बन्धन में हम बँध न सकेंगे,
क़ैद नहीं रह पाएँगे,
जंगल–बगिया,
घर–आँगन महकाएँगे।

दरिया में कितनी गहराई,
तट की काई क्या जाने!
लहरों में कितनी बेचैनी,

नाव अकेली क्या जाने!
सागर में खारापन क्यूँ है,
तृप्त सुराही क्या जाने?
जिसने पीर सही ना हो,
वो, पीर पराई क्या जाने!
सीपी हैं हम,
घुट-घुट कर जी लेंगे,
होंठों पर न शिकायत लाएँगे
जब मुँह खोलेंगे,
मोती बरसाएँगे।

छलावा ही छलावा...

नहीं कोई किसी का भी, दिखावा ही दिखावा है,
इसी का नाम है दुनियाँ, भुलावा ही भुलावा है।

हँसी नक़ली, ख़ुशी नक़ली, कि आँसू भी नहीं असली,
रिवाजों के इशारे पर, थिरकती प्राण की तकली,
मुबारकबाद भी रस्मी, बधावा ही बधावा है।

कहीं उपवास जैसे दिन, कहीं त्यौहार सा मन है,
कहीं बरसात ख़ुशियों की, कहीं मजबूर सावन है,
नहीं कुछ अर्थ इन सबका, छलावा ही छलावा है।

कमी हममें रही कोई, कि इनमें हो नहीं पाए,
रहा शीशे सरीखा मन, तो पाहन कैसे हो जाए?
सभी वादे हैं बेमानी, फ़क़त दावा ही दावा है।

जहाँ बैठे हुए हैं हम, लिये माटी की गागरिया,
नहीं बुझ पाएगी तृष्णा, बिछा है आग का दरिया,
चलो इस घाट को छोड़ें, यहाँ लावा ही लावा है।

दोस्तों के नाम के ख़त

"अब यूँ ही दिन काटने हैं,
दोस्तों के नाम के ख़त, दुश्मनों में बाँटने हैं।

पत्र जिनके नाम थे, वे नाम अब बदले हुए हैं,
आह! किस अपनत्व से, विश्वास पर हमले हुए हैं,
इसको अपनापन कहें हम, या कि ज़ख़्म तराशने हैं!

आँख से कह दो, न यूँ पाषाण पर मोती चढ़ाये,
होश से कह दो कि, अब तो हसरतों से बाज़ आये,
बीज जो बोए थे हमने, अब हमें ही काटने हैं।

ताश के पत्तों से ज़्यादा, अब हमारी हैसियत क्या?
हैं ग़ुलाम, कभी हैं बेगम, और अपनी कैफ़ियत क्या?
यूँ खिलाड़ी की रज़ा से, दाम अपने आँकने हैं।

दीप हमने भी जलाया, रोशनी नहिं रास आई,
नागफणियाँ सींचते ही, मैंने हर एक ऋतु बिताई,
स्नेह के सारे समन्दर, रेत से अब पाटने हैं।"

रेत के घरौंदे...

क्या अपने बेगाने,
कहने की बातें हैं,
मुँह देखे रिश्ते हैं,
मतलब के नाते हैं।

मीनारों के आगे,
देहरी की हस्ती क्या!
बिकनेवाली चीज़ें,
महँगी या सस्ती क्या?
अपना सुख–दुख कैसा,
रोते हैं, गाते हैं।

तन गिरवी, मन गिरवी,
प्राण भी पराए हैं,
मैंने विष पीकर भी,
गीत गुनगुनाए हैं।
हँसने की कोशिश में,
आँसू आ जाते हैं।

मुझ पर मत हँसना तुम,
चुप हूँ, लाचारी है।
आज अगर मेरी तो,
कल तेरी बारी है।
आनेवाले कल की,
यह तो शुरुआतें हैं।

चलो, मान लेती हूँ,
तुम जीते मैं हारी,
जान तो सकी आख़िर,
होती है क्या यारी!
मीठे सम्बन्धों की,
कड़वी सौगातें हैं!

कितने दिन की बस्ती,
कितने दिन डेरा है,
यह माटी का आँगन,
तेरा ना मेरा है,
रेत के घरौंदे हैं,
बनते, मिट जाते हैं।

संकल्प हो तो...

सूरज अगर ढलता नहीं,
पूरब उसे मिलता नहीं,
जग को न मिल पाती डगर,
यदि हर दिवस जलता नहीं।

चलते चलो, आ जाएगी
मंज़िल कभी ख़ुद सामने,
है यदि लगन, पा जाओगे
साहिल कभी तुम सामने,
संकल्प हो तो व्यक्ति का
सोचा हुआ टलता नहीं।

यों, सूर्य को भी घेर लेते हैं
कुटिल बादल कभी।
ग्रस चन्द्रमा को, राहु निर्भय
उगलता काजल कभी।
अपयश बिना भोगे,
कभी सम्मान भी मिलता नहीं।

पाकर दया की भीख, यदि
गिरकर जिये तो क्या जिये!
असहाय पर उपकार यदि
गिनकर किये तो क्या किये!
जीवित रहा जिसका अहम्,
वह दान पर पलता नहीं!

है राह तो सबके लिये,
इस राह पर काँटे न बो।
दो–चार दिन सुख के लिये,
इंसानियत अपनी न खो।
पाषाण पर रोपा गया,
पौधा कभी फलता नहीं!

लड़ने की है हिम्मत अगर,
फिर सन्धियाँ हम क्यूँ करें?
बढ़ने की है चाहत अगर,
अवरोध से फिर क्यूँ डरें!
सामर्थ्य है, फिर क्यूँ कहें,
विधि का लिखा टलता नहीं?

देह का धर्म...

सजी हो तारों की बारात,
घिरी हो, या अँधियारी रात,
देह का धर्म निभाये रे,
दीप तो जलता जाये रे।

गढ़ा जब कुम्भकार ने दीप,
हुई माटी की पहली जीत,
बना हर अन्धकार का मीत,
सभी को राह दिखाये रे।

कोई मन्दिर हो या कि मज़ार,
कहीं पूजा हो या त्यौहार,
निभाने को हर मंगलाचार,
आरती बन झुक जाये रे!

किसी माँ के हों गीले नैन,
कहीं बिरहन कोई बेचैन,

दिलासा दे-देकर दिन-रैन,
दिलों को आस बँधाये रे।

दिये की गोद धरे निज माथ,
जले सतवन्ती बाती साथ,
न छूटे, मरते दम तक हाथ,
स्नेह की राह बताये रे।

दिवाली का जगमग त्यौहार,
हँसे, दीयों से सजी क़तार,
अमावस गई यहाँ पर हार,
चाँदनी आँख चुराये रे।

गए, जब चाँद-सूर्य सब हार,
उठाकर शीश सँभाला भार,
उजाला देने का अधिकार
लिये, दीपक मुसकाये रे।

जलें, तिल-तिल चाहे मन-प्राण,
किन्तु, रखनी है अपनी आन,
न फीकी पड़े ज्योति की शान,
साँस चाहे चुक जाये रे,
दीप तो जलता जाये रे!

आवाज़ है ये वक़्त की...

आवाज़ है ये वक़्त की, सुननी ही चाहिये,
ये जागरण की ज्योति है, जलनी ही चाहिये,
ये लेखनी का धर्म है, कि 'सत्य' को कहे,
कहती हूँ आज बात, जो कहनी ही चाहिये।

कहना है देश से मुझे, कहना है आपसे,
कहना है धर्म–रक्षकों से, इस समाज से,
कहते हैं जो कि, जल के सती होना धर्म है,
उनसे ये पूछना है कि, क्या इसका मर्म है,
किस शास्त्र में लिखा है, जल के मरना धर्म है,
विधवा का जीना, क्या यहाँ, कोई अधर्म है?
किस रूप में देखो, ये 'सती' शब्द चल गया,
इसका जो सही अर्थ था, कितना बदल गया,
अनुसूइया महासती, सीता भी थी सती,
दमयन्ती को कहा सती, सावित्री भी सती,
जो सात थीं सतियाँ महान, सत्य पे चलीं,
इनमें कोई, जीवित ही पति के साथ कब जली?
कुछ लोगों ने गुमराह किया है समाज को,

जो धर्म कहा, इस अमानुषी रिवाज को,
जो धर्म–गुरु हमारे हैं, उनका ये फ़र्ज़ है,
उन पे भी इस समाज का, कोई तो क़र्ज़ है!
उन सबका है कर्तव्य, दें समाज को दिशा,
बतलाएँ धर्म क्या है, और है अधर्म क्या,
इस वक़्त उनको मौन नहीं रहना चाहिये।
कहती हूँ आज बात, जो कहनी ही चाहिये।

नारी है ज्योति–पुंज, वो जननी है पुरुष की,
अबला नहीं है वो, नहीं दासी है किसी की,
झाँसी की है रानी, कभी दुर्गावती है वो,
वो इन्दिरा गांधी है, तो दुर्गा की शक्ति वो,
अपने स्वरूप को हमें पहचानना होगा,
अपनी बिरादरी का हक़ ये माँगना होगा,
बेवा को रोजगार मिले और सुरक्षा,
क़ानून और राज की है, आज परीक्षा,
संकट में ख़ुद कमा सकें, मोहताज ना रहें,
इतना पढ़ायें बेटियाँ इज़्ज़त से जी सकें,
हम औरतों को, आज सोचना ही चाहिये,
कहती हूँ आज बात, जो कहनी ही चाहिये।

पुरुषों की है दुनियाँ, उन्हें भी सोचना होगा,
क़ानून और न्याय को भी देखना होगा,
सब औरतों को मिलके आज बोलना होगा,
अपना भविष्य–वर्तमान तौलना होगा,
कभी दहेज की धधकती आँच में जले,

विधवा अगर हो तो, दुखों की आग में जले,
देवी कहे समाज, पति के साथ जो जले,
ऐसा है क्यूँ, कि हर जगह औरत यहाँ जले!
विधवाओं को भी जीने का अधिकार, चाव हो,
यदि उम्र हो तो, क्यूँ नहीं विधवा-विवाह हो?
उनको भी तो घर-बार 'औ' सम्मान चाहिये,
कहती हूँ आज बात, जो कहनी ही चाहिये।

ये ज़िन्दगी मनुष्य की, ईश्वर की देन है,
कितने जनम के पुण्य से, मिलती ये जून है,
भगवान की सौगात है, मानव की ज़िन्दगी,
है देवताओं के लिए, दुर्लभ ये ज़िन्दगी,
इस ज़िन्दगी को पूजें, सम्मान हम करें,
जीवन को छोड़, मृत्यु की पूजा न हम करें,
इसमें न कोई आन-बान और शान है,
नारी जले, तो हम उसे कहें महान है!
तो प्रश्न है, क्या बेवा का जीना गुनाह है?
या अ-सती है वो, जिसे जीने की चाह है!
ये जाति का अभिमान छोड़, बात कीजिये,
मानवता का सवाल है, जवाब दीजिये,
क्या आज की सदी में ऐसा होना चाहिये?
कहती हूँ आज बात, जो कहनी ही चाहिये।

(राजस्थान में रूपकुँवर के सती होने पर...)

...लेकिन ख़ुशबू चली गई

(प्रियदर्शिनी इन्दिरा के प्रति...)

बाग वही है, फूल वही हैं, लेकिन ख़ुशबू चली गई,
जिसने जन–मन जीता, अपने ही लोगों से छली गई।

ओ भारत के लोगो, उसकी क़ुर्बानी को मत भूलो,
रहे एकता सदा देश की, उस बानी को मत भूलो,
नफ़रत के इन अंगारों में, मानवता जल जाए ना,
जिस भारत के लिए मिटी वो, वो भारत बँट जाए ना।
देश वही है, दिशा वही है, किन्तु प्रेरणा चली गई।

जिसे रक्त से सींचा तुमने, चमन भूल ना पाएगा,
ओ, गुलाब की कली, तुम्हें ये वतन भूल ना पाएगा,
हम पर तेरा ऋण बाक़ी है, तेरी आन निभाएँगे,
तेरे हर संकल्प–सूत्र की, घर–घर अलख जगाएँगे।
देह वही है, प्राण वही हैं, किन्तु आत्मा चली गई।

तुम्हें वतन से बढ़ के जग में, रहा नहीं कोई प्यारा,
तब भी तुम विचलित न हुईं, जब टूटा आँखों का तारा,

तू मर के हो गई अमर, हम बिखरे हैं पारा–पारा,
ओ लाडली हिन्द की, तेरा यश गाता है जग सारा,
स्वप्न वही है, नयन वही हैं, किन्तु कल्पना चली गई।

जिसने विष बोया, नफ़रत की जिसने फ़सल उगाई है,
जिनके बहकावे में आकर, घर में आग लगाई है,
उनके चेहरों को पहचानो, उनकी साज़िश को समझो,
ग़ैरों के बहकावे में, मत अपनों को बैरी समझो,
वंश एक और देश एक, तो प्रीत कहाँ पर चली गई?
जिसने जन–मन जीता, अपने लोगों से क्यूँ छली गई!

लो, वक़्त आ गया है...

लो, वक़्त आ गया है,
फिर वक़्त आ गया है,
आओ, क़सम उठाएँ, मिलके क़दम बढ़ाएँ,
दुनियाँ को हम दिखाएँ, सब एक होके गाएँ,
हिन्दोस्ताँ हमारा, हिन्दोस्ताँ हमारा,
दीन–ओ–धरम हमारा, दिलबर वतन हमारा,
दुनियाँ से ये निराला, ये हमको जाँ से प्यारा,
हिन्दोस्ताँ हमारा, हिन्दोस्ताँ हमारा।

गौतम के इस चमन में, नफ़रत की बोलियाँ क्यूँ!
बापू के इस वतन में, हिंसा की गोलियाँ क्यूँ!
इंदिरा की सरज़मीं पे, ये ख़ूँ की होलियाँ क्यूँ!
हंसों की इस ज़मीं पे, गिद्धों की टोलियाँ क्यूँ?
सँभलो, जला न डाले, कोई ये घर हमारा।
हिन्दोस्ताँ हमारा, हिन्दोस्ताँ हमारा।

कश्मीर से कुमारी–कन्या की, प्रीत देखो,
दक्षिण से ले के उत्तर तक, एक रीत देखो,

ये देख, जल रही हैं, आँखें पड़ोसियों की,
नींदें हराम देखो, कितने विदेशियों की,
इनसे हमें बचाना, हमको चमन हमारा।

अलगाव के ये नारे, कश्मीर के शरारे,
आतंक की फ़िज़ाएँ, आसाम के इशारे,
षड्यंत्र है ये सारा, पूरा न हो सकेगा,
इन चन्द आँधियों से, सूरज नहीं बुझेगा,
कुछ द्रोहियों के कारण, टूटे न भाईचारा।

कितने ही धर्म, चाहे कितनी ही बोलियाँ हों,
कितनी ही जातियाँ हों, कितनी ही टोलियाँ हों,
भारत के जो हैं बेटे, इस पे जिए–मरेंगे,
हम एक ही रहे हैं, हम एक ही रहेंगे।
भाषा अजीज़ हमको, मजहब भी अपना प्यारा,
लेकिन है सबसे पहले हिन्दोस्ताँ हमारा।

कितने ही राज बदले, कितने ही ताज बदले,
कितने हुए हवन तब, दिन अपने आज बदले,
आज़ादी हमने पाई, कितने लहू के बदले,
जन्नत भी हम न लेंगे अपने वतन के बदले।
चाँदी के बदले कैसे दे दें ये देश प्यारा!

हिन्दू हों चाहे गुरखा, सिख हो कि हो मुसलमाँ,
जो भी है देश–द्रोही, हरगिज़ नहीं वो इन्साँ,
ग़द्दार जो हैं, उनकी है ज़ात नहीं कोई,
जो बिक चुके हैं उनकी औक़ात नहीं कोई,
दुहराएँ आज फिर से, इक़बाल का वो नारा,
सारे जहाँ से अच्छा, हिन्दोस्ताँ हमारा।
हम बुलबुलें हैं इसकी, ये गुलिस्ताँ हमारा,
हिन्दोस्ताँ हमारा, हिन्दोस्ताँ हमारा।

पंचम खंड

ज़िन्दगी को गा...

ज़िन्दगी को गा...

"ज़िन्दगी एक गीत है,
तू ज़िन्दगी को गा।
साँस हर संगीत है,
तू हर खुशी को गा।

नेह की बाँहें पसारे,
आसमाँ तुझको पुकारे,
प्रेम की पाँखें लगाकर,
चल छुएँ चंदा, सितारे,
हर अँधेरा, भूल कर तू,
रोशनी को गा।

कल हुए थे राम–सीता,
कृष्ण ने कल कही गीता,
बीते कल की बात करते,
आज ना रह जाये रीता।
कल की बातें छोड़ के,
तू इस घड़ी को गा।

देह, मानव की मिली है,
ज़िन्दगी सी ज़िन्दगी है,
कुछ छिनेगा, कुछ मिलेगा,
किसलिये यह बेबसी है!
छोड़ दे खारा समंदर,
तू नदी को गा।''

फिर भी और लुभायेगी...

कब तक गीत सुनायेगी री ज़िन्दगी!
रो–रो कर मुसकायेगी री ज़िन्दगी।

सारे दुख गमले के फूलों से पाले,
शूल बीनते, हाथों उगे कई छाले,
इतनी गन्ध उड़ी, फलों की बगिया से,
जाने कितने नाग हो उठे मतवाले।
फिर भी गाती जायेगी री ज़िन्दगी!
फिर खुद को समझायेगी री ज़िन्दगी।

कर्ज माँगकर रेशम के धागे काते,
धनिक हो गये मेरे सभी बही–खाते,
जितना ब्याज चुकाऊँ, ऋण बढ़ता जाये,
काश! तुझे हम यह हिसाब समझा पाते।
फिर भी समझ न पायेगी री ज़िन्दगी,
कब तक कर्ज चुकायेगी री ज़िन्दगी!

कितने परियों वाले ख्वाब नहीं टूटे,
माटी हो गये, महलों जैसे मंसूबे,
कितने बोल सुने अपने–बेगानों के,
फिर भी अपनों वाला, मोह नहीं छूटे,
कितने दिन भरमायेगी री ज़िन्दगी!
कब तक धोखा खायेगी री ज़िन्दगी!

सोच भला, यह तन भी आखिर तन ही है,
कब तक और सहे, मन आखिर मन ही है,
जितना चंदन जोड़ा, हवन हुआ सारा,
जल–जल कर सोचूँ, आखिर जीवन ही है!
फिर भी और लुभायेगी री ज़िन्दगी?
जीवन के गुण गायेगी रही ज़िन्दगी!

अगर नाराज़ है सूरज...

''दिल जलाने से क्या होगा,
ग़म सुनाने से क्या होगा,
ज़िन्दगी मुसकुराएगी,
प्यार के गीत गाये जा।

बाँट पाओ तो सुख बाँटो,
सिर्फ़ आँसू बहाना क्या,
सभी के अपने-अपने ग़म
किसी को ग़म सुनाना क्या!
बिखेरो ख़ुशियाँ ही ख़ुशियाँ,
तब तुम्हारी होगी दुनियाँ,
अश्क ये पोंछकर,
मुसकान के मोती लुटाये जा।

नहीं, तनहा नहीं हो तुम,
अकेले चलकर तो देखो,
कभी, ख़ुद से करो बातें,
कभी, ख़ुद से मिलकर देखो!

क्यूँ अकेलेपन का मातम,
यूँ भी जीकर तो देखो तुम,
न हो साथी कोई तो,
दोस्ती ख़ुद से निभाये जा।

दोस्तो, ज़िन्दगी मिलती नहीं है
ज़िन्दगी भर को,
रूठना क्या ज़माने से,
कोसना क्या मुक़द्दर को?
आज अँधियारा है तो क्या,
कल उजाला भी आयेगा,
अगर नाराज़ है सूरज,
शम्अ कोई जलाये जा।

ये सही, ये ग़लत होगा,
यूँ अगर हो तो, 'यूँ होगा,'
राह में ऐसा भी होगा,
चाह में 'वैसा भी होगा',
इन फ़सानों से क्या होगा?
इन बहानों से क्या होगा!
ख़ुदा तक ग़र पहुँचना है,
किसी से लौ लगाये जा।

इस पल तो गाओ

जीने की बात करो,
आँसू मत लाओ।
यह पल तो जीना है,
इस पल तो गाओ।

यूँ तो हर पीड़ा में,
आँख सदा रोती है,
लेकिन हँसने की भी,
उम्र एक होती है।
रोने का मन हो तब,
गीत गुनगुनाओ।

राहें जो रोकें,
वे रस्में ठुकरा दो,
जो मन पर बोझ बने,
पुण्य वो भुला दो,
लोग क्या कहेंगे,
यह बात भूल जाओ।

कल किसने देखा है,
कल किसने जाना,
यह मानव जीवन,
क्या बार-बार आना!
आज तो तुम्हारा है,
आज मुसकुराओ।

जीवन में आती है,
भोर, कभी सन्ध्या,
कहीं-कहीं धरती भी,
होती है वन्ध्या।
विधना की स्याही को,
दोष मत लगाओ।
यह पल तो जीना है।
इस पल तो गाओ।

इतना पिया हलाहल...

जितना डसा अँधेरों ने,
मैं उतनी उजली सहर हो गई,
इतना पिया हलाहल दुख का,
मैं विष पीकर, अमर हो गई।

मेघ घिरे, सागर लहराए,
कितनी ही बरसातें बीतीं,
फूलों से भर उठी धरा तक,
लेकिन मैं रीती की रीती,
शीतल, मेहँदी रची भोर में,
मैं जलती दोपहर हो गई।

जितना अपयश पाया मैंने,
आँखों का अंजन कर डाला,
सारी की सारी करुणा को,
मैंने अपना मन कर डाला,
बेगानों के ताने सहते,
आख़िर, मैं नामवर हो गई!

मेरा परिचय चाहो तुम यदि,
जाकर पूछो चट्टानों से।
मुझमें कितना जीवट है,
यह पूछो बाग़ी तूफ़ानों से।
अभिशापों को ढोते-ढोते,
आख़िर, मैं खुद, क़हर हो गई।

...संग अकेला है!

मीर की भाषा है,
मीरां की बानी है,
फकीरों की बयानी है।
राँझे की अजमाई है,
हीर ने गुनगुनाई है,
नई है ना पुरानी है,
ये प्यार की कहानी है।

पीड़ा की पाती है,
आँसू की स्याही है,
दिलों की मनमानी है,
शोलों पे धरा पाँव है,
होंठों पे मुसकान है,
नयन में पानी है,
ये प्यार की कहानी है।

पंथ अकेला है,
संग अकेला है,

डगर अनजानी है।
कहीं पे घर–बार है,
कहीं पे कारोबार है,
कहीं पे अगवानी है।
ये प्यार की कहानी है।

रो–रो के हँसना है,
हँस के रोना है,
कथा ये बेजुबानी है।
मन में कोई और है,
संग में कोई और है,
ये रीत पुरानी है,
ये प्यार की कहानी है।

मीठे सपने हैं,
कड़वी रातें हैं,
अबूझी–अनजानी हैं,
अधूरा है ये आसमाँ,
अधूरी है ये दास्ताँ,
अधूरी रह जानी है,
ये प्यार की कहानी है।

...वो स्वर-बीन नहीं हूँ

"मोहताज रहूँ करुणा की,
मैं इतनी दीन नहीं हूँ!
सान्त्वना तुम्हारी चाहूँ,
इतनी ग़मगीन नहीं हूँ।

ना तो मधु जानो मुझको,
ना मैं कोई मधुशाला।
मुझसे अमृत मत माँगो,
मैंने तो पी है हाला!
तुम चाहो वैसा गाऊँ,
मैं वो स्वर-बीन नहीं हूँ।

ये छोटे, बड़े, तिकोने,
आड़े-तिरछे और बौने,
क़िस्मत की रेखाओं पर,
नाचें कमज़ोर खिलौने।
इनमें शामिल हो जाऊँ,
मैं इतनी हीन नहीं हूँ।

ये दर्द तलाशा मैंने,
ये दर्द तराशा मैंने,
ये अब तक गूँगा ही था,
इसको दी भाषा मैंने,
मैं रानी अपने मन की,
जग के आधीन नहीं हूँ।

सुख हो, या दुख की घड़ियाँ
मैंने जीना सीखा है।
आँसू-पीड़ा का सागर,
मैंने पीना सीखा है।
जो बिन पानी मर जाये,
मैं वो जल-मीन नहीं हूँ!"

स्याहियाँ पी कर पली...

''मैं तुम्हारी ही ग़ज़ल हूँ,
मत अधूरी छोड़ देना,
जिस सफ़े पर मैं लिखी हूँ,
वो सफ़ा, मत मोड़ देना।

तुम न आओगे तो कैसे पूर्ण होगी साध मेरी?
भाव हैं संगीनधारी, और मैं बिलकुल अकेली।
चाँद आँगन में उगाकर, मत अँधेरा ओढ़ लेना।

न मेरा मतला है कोई, न कोई मक़ता है साथी,
पृष्ठ हूँ चाहे पराया, हूँ मगर तेरी ही थाती,
क़ाफ़िया गर मिल न पाये, नाम अपना जोड़ देना।

क़ाफ़िये से दूर, लेकिन हाशिये के पास हूँ मैं,
अक्षरों का बोझ ढोती सी अधूरी आस हूँ मैं,
काग़ज़ों पर जी रही हूँ, तुम क़लम मत तोड़ लेना।

स्याह होती जा रही हूँ, हाँ, नियति मेरी यही है,
जन्म-भर बाँटे उजाले, किंतु गति मेरी यही है,
स्याहियाँ पीकर पली हूँ, यह कलश मत फोड़ देना।''

...हाशिए महीन हो गए

''गीत अर्थहीन हो गए,
जब से तुम ज़हीन हो गए।
शब्द–जाल फैलता गया,
हाशिए महीन हो गए!

कारवाँ कई मिले हमें,
हमसफ़र कोई मिला नहीं,
मंज़िल भी पास थी मगर,
रास्ता कोई मिला नहीं,
हम निहारते रहे डगर,
पंथ, अंत–हीन हो गए!

मैं झुकी रही जवाब–सी,
तुम सवाल से तने रहे,
दौड़–दौड़ मैं नदी बनी,
तुम पहाड़ ही बने रहे।
आसमान तुम रहे सदा,
और हम ज़मीन हो गए।

हार–जीत जो रही, रही।
ज़िन्दगी का अर्थ पा लिया।
दुख या सुख, जो मिला उसे,
गीत में पिरो के, गा लिया,
प्रीत के हिसाब में लिखे,
दर्द भी हसीन हो गए।

काँच के मकान को अभी,
पत्थरों की और चाह है।
काग़ज़ी जहाज़ को अभी,
सागरों की और चाह है।
ढूँढ़ते हैं पाँव फिर मेरे,
शूल, जो विलीन हो गए।''

मुसकानों का नाता

चलते–चलते इन राहों पर,
ऐसा भी हो जाता है,
अनचाहा मिल जाता है,
और मनचाहा खो जाता है।

मैंने पीड़ाओं के, क्षत पंछी कितने पाले!
नयनों की सीपों में, कितने ही मोती ढाले!
लेकिन जाने कब ये पिंजरा खुल जाये!
पंछी, सारे मोती चुनकर उड़ जाये!
फिर भी बीती भूलें, मन बार–बार दुहराता है।

भावों का वैसे तो आकार नहीं है कोई,
अनजाने सपनों का, आधार नहीं है कोई,
भाव–हीन को भी तो उपवन भाते हैं,
दृष्टि–हीन को भी तो सपने आते हैं,
बंजर धरती पर भी, कोई
सुमन कभी खिल जाता है।

मीलों तक फैले हैं बेगानेपन के साये,
समझ में नहीं आये अपने हैं कौन पराए?
कहीं कोई परिचय के दीप जलाता है,
कभी कोई परिचय करके कतराता है!
मुँह–देखी बातें हैं, बस मुसकानों का नाता है।

ढूँढ़ लिये पथ मैंने...

गर्वीले अंबर को,
धरती तक लाने को,
ढूँढ़ लिये स्वर मैंने,
आजीवन गाने को।

अनजानी राहों से,
अपनापन जोड़ लिया।
जो मन को बाँधे था,
वह धागा तोड़ दिया।
अमावसी रातों से,
पूनम तक जाने को,
ढूँढ़ लिये पथ मैंने, दीप जगमगाने को।

आग को भला किसने,
जलने से रोका है?
बौराये सावन को,
कब, किसने टोका है!

शूलों की राहों से,
फूलों तक जाने को,
ढूँढ़ लिये पग मैंने, काँटे सह जाने को।

गंध पुष्प की, कोई
कैद कहाँ कर पाया,
पतझड़ को, हरियाता
पात भला कब भाया!
चालबाज चौकन्ने
बाज को खिझाने को,
ढूँढ़ लिये पर मैंने, आसमाँ उठाने को।

आँख मूँद लेने से,
सूर्य कहीं छिपता है?
क्षमताओं के आगे,
शाप कहाँ टिकता है!
सारे ही सपनों को,
सत्य कर दिखाने को,
छीन लिया हक मैंने, भाग्य खुद बनाने को।

नेह जब कहीं पाया,
सीप में उसे डाला,
दर्द जब मिला कोई,

एक गीत लिख डाला,
विद्रोही मौसम में,
गीत गुनगुनाने को,
पा लिये अधर मैंने, सिर्फ मुस्कुराने को।

भूल न जाना देशवासियो...

(स्व. प्रधानमंत्री श्री राजीव गांधी की पुण्य-स्मृति को काव्यांजलि)

भारत के लाडले, हिन्द के अमर सपूत महान को
भूल न जाना देशवासियो, राजीव के बलिदान को

त्याग, तपस्या, दया, प्रेम,
करुणा की हत्या किसने की!
युग-नायक, युगद्रष्टा के,
सपनों की हत्या किसने की!
पहचानो सत्ताखोरों के,
हत्यारे अरमान को।

चाँद-सूर्य सी आँखों में,
सदियों के सपने पलते थे,
भारत के उजले भविष्य के,
दीप हजारों जलते थे,
हम वो दीप न बुझने देंगे,
दुहरायें इस आन को।

एक रहें हम, एक देश,
सब धर्मों में भाईचारा।
देखो, व्यर्थ न हो जाये,
राजीव के लहू की धारा!
इक्कीसवीं सदी तक,
पहुँचाना है इस पैगाम को।
भूल न जाना देशवासियो, राजीव के बलिदान को।

छठा खंड

कहाँ है वो कश्मीर...

कहाँ है वो कश्मीर...

फूलों की घाटियों में महकता कश्मीर।
क़ुदरत के आइने में चमकता कश्मीर॥

दिलों का सुकून, निगाहों का नूर,
धरती की जन्नत, आसमाँ का ग़ुरूर।

मुसकुराता है जहाँ, बहारों का शबाब।
अँगड़ाइयाँ लेता है, ख़ुशबुओं का सैलाब।

चनारों की बाँहों में, मचलती हवाएँ।
मीलों तक झूमती, नशीली फ़िज़ाएँ।

इस जन्नत को, किसकी लगी है नज़र?
झीलों में किसने, मिला दिया ज़हर!

कहाँ खो गया, वो मुहब्बत का नज़ारा?
वो प्यार की मिठास, वो भाई-चारा।

वो रिश्ता दोस्ती का, कैसे बदल गया,
अमन के सूरज को, अँधेरा निगल गया?

पैदा हो गई, इंसान की ये कौन–सी नसल?
केसर की क्यारियों में, बारूद की फ़सल!

कल जहाँ गूँजते थे, ख़ुशियों के गीत,
गले मिलते थे जहाँ, दीवाली और ईद।

सैकड़ों जाँबाज़ जवाँ हो गए शहीद!
हज़ारों हम–वतन सो गए, मौत की नींद?

बेगाने हो गए, होली और रमज़ान?
जुदा हो गए, राम और रहमान!!

किसी को मिली दौलत, किसी को गोली,
अपनों ने सीख ली, बन्दूक़ की बोली!

घाटियों में आतंक, और घरों में शमशीर,
हमें नाज़ था जिस पे, कहाँ है वो कश्मीर?

फिर भी गाती रही...

ऐसे जीने लगी है मेरी ज़िन्दगी,
दोहरी, तिहरी, चौहरी ज़िन्दगी।

आँसुओं पर हँसी का मुलम्मा चढ़ा,
पर है भीतर से रीती, भरी ज़िन्दगी।

ना कोई साज़ था, ना कोई रागिनी,
फिर भी गाती रही, बाँसुरी ज़िन्दगी।

था कभी नाज़ अपनी चकाचौंध पर,
पड़ गई अब तो काली, ज़री ज़िन्दगी।

आँसुओं में बसर की ख़िज़ाँ से लड़ी,
जब भी आई बहारें, डरी ज़िन्दगी।

ना बनी ताज, ना बन सकी मक़बरा,
एक पत्थर रही, मरमरी ज़िन्दगी।

जाने कब हाथ से मेरे उड़ जायेगी,
जादुई आसमाँ की परी ज़िन्दगी।

...निशाँ भी नहीं

ज़िन्दगी सिर्फ़ गुलिस्ताँ ही नहीं,
रूह जलती है, और धुआँ भी नहीं।

अपना–अपना नसीब है लोगो,
कहीं दरिया, कहीं कुआँ भी नहीं।

कुछ तो रुसवाइयों का डर है मुझे,
हाल–ए–दिल, क़ाबिल–ए–बयाँ भी नहीं!

आप अब हाल पूछते हैं मेरा,
अब तो उस चोट का निशाँ भी नहीं!

ग़ौर कीजे, है ये लहू दिल का,
शायरी सिर्फ़ दास्ताँ भी नहीं।

ज़िन्दगी भी अजीब 'शै' है यहाँ,
अब यहाँ थे, तो अब यहाँ भी नहीं!

कहते हैं वो...

परछाइयाँ हैं, प्यास है, इस तेज धूप में,
जीने की फिर भी आस है, इस तेज धूप में।

इस तेज धूप में भी हँस रहा है, अमलतास!
कोई तो बात खास है, इस तेज धूप में।

पंछी भी, बसेरों का चैन ओढ़, सो गए!
हमको मिला प्रवास है, इस तेज धूप में।

थी छाँव घनी, तब भी अकेले रहे हैं हम,
फिर कौन मेरे पास है, इस तेज धूप में!

हम जल गए, खड़े ही खड़े प्राण तक यहाँ,
कहते हैं वो उजास है इस तेज धूप में!

ये शहर क्या है...

सर्द ख़ामोश ये शहर क्या है!
इस जगह, शाम क्या सहर क्या है!

आपने छाँव में बिताए दिन,
आपको धूप की ख़बर क्या है!

एक झोंके से बिखर जाता है,
ये अजब बादलों का घर क्या है?

क़ैद हूँ ज़िन्दगी के घेरे में,
फिर ये काँधे पे कोई पर क्या है?

कई सैलाब हमने देखे हैं,
फिर किनारे की ये लहर क्या है?

तंज नज़रों से देखना सीखो,
ये मुहब्बत भरी नज़र क्या है!

जाने कितने जनम चले तनहा,
फिर ये एक ज़ीस्त का सफ़र क्या है!

जो जिलाता न मारता है मुझे,
ला इधर, देखें वो ज़हर क्या है!

चौखटों से घिरी...

ऐसे जीने लगी है मेरी ज़िन्दगी,
दोहरी–तिहरी–चौहरी ज़िन्दगी।

आँसुओं पर हँसी का मुलम्मा चढ़ा,
पर है भीतर से रीती, भरी ज़िन्दगी।

ना कोई साज़ था, ना कोई रागिनी,
फिर भी गाती रही, बाँसुरी ज़िन्दगी।

बन सकी ताज, ना बन सकी मक़बरा,
सिर्फ़ पत्थर रही, मरमरी ज़िन्दगी।

था कभी नाज़, अपनी चकाचौंध पर,
पड़ गई अब तो काली, ज़री ज़िन्दगी।

आँधियों में गुज़र की, ख़िज़ाँ से लड़ी,
जब भी आईं बहारें, डरी ज़िन्दगी!

कितने जनमों अभी और भटकाएगी,
दूसरी, तीसरी, आख़री ज़िन्दगी।

कील पर जाने कब से है लटकी हुई,
दर्द की चौखटों से घिरी ज़िन्दगी।

जाने कब हाथ से मेरे उड़ जाएगी,
जादुई आसमाँ की परी ज़िन्दगी।

...मुसकुराना सीखना होगा

ज़िन्दगी पर सोचना होगा हमें,
कौन क्या है, देखना होगा हमें।

भीड़ में कब खो गया था सुख मेरा,
उम्र भर अब भागना होगा हमें।

दीन–दुनियाँ से भरोसा उठ गया,
हक़ ख़ुदा से माँगना होगा हमें।

आँख में कंकर पड़ा है प्रीत का,
अब, सहर तक जागना होगा हमें।

राह में कठिनाइयाँ तो आएँगी,
मुसकुराना सीखना होगा हमें।

उस किनारे की उम्मीद अब नहीं,
इस भँवर में डूबना होगा हमें।

इस मकाँ में तो दरारें पड़ गईं,
ये नशेमन छोड़ना होगा हमें।

हँस के, रो के या कि गा के दोस्तो,
ये समय तो काटना होगा हमें।

आसमाँ की तलब ने...

"गुलशनों की तमन्ना लिये, किस बियाबान में खो गए,
शोहरतों की चकाचौंध में, हम अँधेरों में गुम हो गए।

ये जो मीनार है सामने, सिर्फ़ धोखा है ये आँख का,
एक दीवार है धुन्ध की, जिसमें हम मुब्तला हो गए।

आपसे एक उम्मीद थी, आप तो साथ देंगे मेरा,
आपको देवता क्या कहा, आप समझे ख़ुदा हो गए।

आसमाँ की तलब ने हमें, घर से बे-घर किया दोस्तो,
आँधियों की तरह हम बढ़े, ओस जैसे फ़ना हो गए।

जब परेशान हम थे रहे, लोग तब हमसे ख़ुश थे बहुत,
हम थे ख़ुद्दार, बस इसलिए, लोग हमसे ख़फ़ा हो गए।

...बेज़ुबाँ रहे होंगे

"ऐसे भी लोग ज़माने में कुछ रहे होंगे,
ज़िन्दगी भर जो कि जीए न तो मरे होंगे।

दाग़ जो ख़ूँ के तेरी आस्तीन पर हैं लगे,
वे मेरी आँख के आँसू कभी रहे होंगे।

नक़्शे–पा उनके ज़मीं पे कहाँ तलाश करें,
मेरे हमराह आसमाँ में उड़ रहे होंगे।

जो ग़मों की ज़रा सी आँच पा के टूट गए,
ऐसे कमज़ोर जिगर काँच के रहे होंगे।

दीन के नाम पे फेंके गए, जब संग उस पे,
तमाशबीनों में तब आप तो रहे होंगे।

जिनके हाथों ने अचानक उठा लिये ख़ंजर,
वे बुरे लोग कभी बेज़ुबाँ रहे होंगे।"

...तो किनारा जाए

जैसे हो रस्म-ए-रवायत को निभाया जाए,
जानकर ही सही, इस जीत को हारा जाए।

ज़िन्दगी बोझ अगर है, तो चलो यूँ ही सही,
बोझ ये अब तो मगर, सर से उतारा जाए।

किसको छोड़ें किसे थामें, अजीब उलझन है,
हाथ आए जो सफ़ीना, तो किनारा जाए।

फिर मेरी नींद को सपनों की आरज़ू न रहे,
ख़्वाब जो बीत गया, उसको बिसारा जाए।

हँस के ख़ुशियों को जिया है, तो अब ये आँसू क्यूँ,
हँस के ये दौर भी दुनियाँ में गुज़ारा जाए।

अनमना है मन...

आज क्यूँ इतना अनमना है मन,
आज किस बात पे तना है मन!

जाने किस बात की है नाराज़ी,
जाने किस बात पे ठना है मन!

बेसबब अक्स–अक्स में ढलता,
एक बेशक्ल आईना है मन।

पल में रूठे, तो पल में ख़ुश हो ले,
गोया, बच्चे का झुनझुना है मन?

ठेस लगते ही बिखर जाता है,
जाने किस रेत का बना है मन!

आज फिर गीत का झरना फूटा,
किसलिए आज गुनगुना है मन!

❑❑❑